陆春祥笔记新说系列

笔记中的动物

陆春祥 著

GUANGXI NORMAL UNIVERSITY PRESS
广西师范大学出版社
·桂林·

笔记中的动物
BIJI ZHONG DE DONGWU

图书在版编目（CIP）数据

笔记中的动物 / 陆春祥著. --2 版. --桂林 : 广西
师范大学出版社，2020.10
（陆春祥笔记新说系列）
ISBN 978-7-5598-2985-6

Ⅰ. ①笔… Ⅱ. ①陆… Ⅲ. ①散文集－中国－当代
Ⅳ. ①I267

中国版本图书馆 CIP 数据核字（2020）第 111828 号

广西师范大学出版社出版发行

（广西桂林市五里店路 9 号　邮政编码：541004）
网址：http://www.bbtpress.com
出版人：黄轩庄
全国新华书店经销
广西广大印务有限责任公司印刷
（桂林市临桂区秧塘工业园西城大道北侧广西师范大学出版社
集团有限公司创意产业园内　邮政编码：541199）
开本：889 mm × 1 194 mm　1/32
印张：8.875　　　字数：200 千
2020 年 10 月第 2 版　　2020 年 10 月第 1 次印刷
定价：62.00 元

如发现印装质量问题，影响阅读，请与出版社发行部门联系调换。

我们和动物在同一现场

序言：爱的教育

对所有生命，都给予爱，这应该是人类最高尚的品格。

呦呦鹿鸣。关关雎鸠。我们的古人，虽没有像研究人类一样去研究动物（指人类之外的动物），但仍然关注动物，那些鸟兽虫鱼，一直出现在中国历代的笔记中，它们会疼痛，它们会流泪，它们也会思念。

对动物来说，它们也是将几千几万年的智慧，满满地装在和人类相异的躯体里，尽管它们只用身体来说话。

其实，我们和动物都在同一个现场。

绍兴会稽山北麓，大禹陵。

迎面的大牌坊，两边大柱，柱端为鸠鸟，柱中是应龙，柱下是辟邪；枋是双凤朝阳，枋下是守门龙，直竖左右的大铜管叫拴马桩。文官在此下轿，武官在此下马，拴好马，步行进入祭拜程序。

在长长的陵道中，缓缓行进，先接受两旁的动物石雕检阅。

左辟邪。右辟邪。神兽，居于聚窟洲，谐音避邪，逢凶化吉。

左天鹿。右天鹿。神兽，也作天禄，居于聚窟洲，取拔除永绥之意。

左龙马。右龙马。神马，河水之精，据传，禹治水至黄河，工程遇阻，有龙马自水中出，背负河图，禹观而释之，所事乃成。

左巨象。右巨象。犁沟开山，伐木增石，禹治水之大臣。

左獬豸。右獬豸。呵呵，哪里都需要这种独角神羊，司法公正。

左神牛。右神牛。传说，大禹治水到三峡，有巫山挡住，久凿不开，洪水不能泄，巫山神女派神牛相助。神牛以角抵石，撞开巫山。

左石虎。右石虎。卫士，保护大禹顺利治水。

左黄熊。右黄熊。这是大禹祖先的图腾。

左三足鳖。右三足鳖。说是禹父鲧，死后化为黄能，就是三足鳖。

左九尾狐。右九尾狐。禹三十未娶，治水至涂山，有九尾白狐造访大禹，禹说：白色是我的衣色，九尾乃王者之证，你嫁给我做老婆吧。于是给她取名女娇，女娇就成了禹的老婆。

左野猪。右野猪。禹治水开凿龙门，深数十里，黑灯瞎火的，有野猪嘴里含着颗夜明珠，在前面指引。

左应龙。右应龙。龙有翼，就叫应龙。大禹治水时，这应龙以尾画地，开沟导川，是功臣。

十二组动物，都是大禹的伙伴，左右对称，数十吨重的石雕，极其神似。

殿内两边壁上，有大幅大禹治水图，人、动物，都遭洪水的祸害，人、动物、神，一起帮助大禹治水。

动物还有和人类一样的情感。

一种爱——

隋炀帝大业三年，建了个大型的国家仪仗队。队中的旗帜，都用羽毛装饰而成，而造旗的羽毛，大多出自江南。因此，江南一带的鸟羽差不多都被搜罗光了。湖州乌程县有个捉鸟人，身上披着羽毛做伪装，进山捕鸟了。这一天，他看见一棵几十米高的大树，树上有个鹤巢，里面有大鹤正养育幼鹤。嘿，鹤的羽毛可是好货，捉鹤拔毛！可树太高，树的下部又没有枝丫，爬不上去，怎么办呢？干脆将树砍了！捕鸟人开始狠狠地砍树，树上的大鹤急了，树一倒，我的孩子还能活吗？这人不就是要我们的大羽吗？大鹤一咬牙，就用嘴拔自己的大羽毛，一根一根扔下来，许多毛的根部都沾着血丝。捉鸟人一看，嗬，全都是合乎标准的大羽毛，就不再砍树了。(《太平广记·禽鸟一·乌程采捕者》)

怜子之心，人鸟皆有。可是，偏偏，人却不去怜鸟。

一种恨——

从前有座庙，庙里有个和尚，和尚住的房子前面，有蜘蛛在织网。这蜘蛛的个儿极大，和尚看见蜘蛛，就用东西拍打戏弄它，蜘蛛看见和尚，立即逃避躲起来。这样一连过了好几年。有一天，天气忽然非常闷热，和尚白天独自在房中睡觉，这蜘蛛就落到床上，狠狠地咬破了和尚的喉咙，不一会儿，和尚中毒而亡。(唐·皇甫氏《原化记》)

报仇的时机终于来到。有些恨，是可以长久记忆的，蜘蛛报仇，也是数年不晚。谁让你经常要置它于死地呢。你拍打它，它回咬几口不也公平吗？蜘蛛怎么知道自己的唾液有毒呢？

一种恶——

户部侍郎范质，告诉我(王仁裕)这样一则社会新闻：曾经有一对燕子在他家的屋檐下筑巢，养育了几只雏燕，小燕子已经进入喂食阶段。突然有一天，雌燕被猫捉住给吃掉，雄燕鸣叫了很久才飞走。过了不久，雄燕又和另一只雌燕配成一对回来了，还像从前一样哺育雏燕。没过几天，所有的雏燕，都一只接一只掉到了地上，痛苦挣扎着死去。有好奇的小孩，将雏燕的肚子剖开观察研究，发现有蒺藜子在雏燕的胃里。人们于是判断，这些雏燕都是被后来的雌燕给害死的。（五代·王仁裕《玉堂闲话》）

后妈的名声就这样一直被玷污着，连畜生都一样。坏的原理基本都相类，因为不是亲生，所以没有痛感，而别人的痛苦感受不到，也不用感受。那燕子后妈，和雄燕做伴，小燕太拖累，干脆弄死算了，没有小燕，就可以和雄燕远走高飞了。

这样的情节想必是很让人痛恨的，所以，在宋代作家张邦基的《墨庄漫录》卷二又出现了，情节基本相同，只是地点变了：广陵牛氏家；毒药变了：卷耳的果实。

一种羞——

沧州饶安县，有个人（暂且叫他艾虎吧）在野外走路，忽然被老虎追赶。追上以后，老虎将左脚伸给艾虎看，原来，虎的脚掌上有一根大竹刺，穿透了它的腿。老虎俯首帖耳，好像在请求。艾虎明白是怎么回事了，他将刺轻轻拔出，一番伤口处理，老虎很高兴，又转圈，又摇尾，跟着艾虎走到家才离开。这一夜，老虎往艾虎的院子里扔了一头死鹿。此后一年多，艾虎院子里的野猪、獐子、鹿，月月不断。艾虎家渐渐富起来了，他就做了一身新衣服，老虎不认识换了新衣服的艾虎，误将他咬死。艾虎家里人收尸埋葬后，老虎又来他家，艾虎母亲冲着老虎骂道：我儿子为你拔刺，你不知道报恩，却将他害死，现在你还来，难道你不知道惭愧吗？老虎弄清真相，羞愧至极，知道自己误杀了恩人，悲惨地号叫痛哭，奋力一跳，折断脊骨自杀了。（《太平广记·虎六·李大可》）

恩将仇报，人类不齿，老虎也知道。虎的羞愧表达方式是什么呢？折脊自杀。这需要多大的勇气啊。

动物的喜怒哀乐，悲欢离合，千百年来，一直在和人类的较量中纠缠着。

研究者认为，人类只是自然的一部分，据研究老鼠和人类有99%相同的骨骼结构，人类跟黑猩猩有98.5%的基因是一样的，人类和香蕉也有60%的基因相同。如上举例，很多动物都有感情和情绪，它们也有严密的社会组织，如虎，如狗，如蚁，如猴。人类和动物的区别，大约只在于文化和历史，人类会思考，会质疑，会直立行走，有不断进化的大脑。

虽然只是一部分，但人类绝对是自然的主宰。

人类掌握着对动物们的生杀大权，人类会将各种动物弄死，并用它们的尸骨当药，来替自己疗伤。人类还在无休止地消费动物，一条蚕一辈子只活短暂的几十天，一生吐的丝却有千米长。

明代作家谢肇淛的《五杂组》卷之十一，对动物的灵性如此总结：

> 虾蟆于端午日知人取之，必四远逃遁。麝知人欲得香，辄自抉其脐。蛤蚧为人所捕，辄自断其尾。蚺蛇胆曾经割取者，见人则坦腹呈创。

值得一说的是，麝，它知道人要取麝香，在被追得走投无路时，会自己将麝香挖出丢给追赶者；那蚺蛇也一样，人类要割的是它的胆，被追得穷途末路时，会将肚子上的伤口露给人看，喏，别害我了，我的胆已经被你们割走了。这样才会逃过一劫。

以编写《太平广记》出名的李昉，是白居易的超级粉丝。他的园林里，养了五种鸟，都用"客"作名字：白鹇叫佳客、鹭鸶叫白雪客、鹤叫仙客、孔雀叫南客、鹦鹉叫陇客。

几百年前，智者尼采，在大街上，曾经抱着一匹马的头失声痛哭：我苦难的兄弟啊！虽然被人送进疯人院，但尼采并没有疯，在他心里，也许，他认为"人类是我唯一非常恐惧的动物"（萧伯纳语）。恐惧人，是因为人类的快乐，常常是以牺牲另一个动物的生命为前提的。

当然，人类和动物也有很多有趣的交集，举两则新闻为例。

《三联周刊》曾载，美国动物学家迪图斯，从1968年开始就在斯里兰卡研究野生动物，对猕猴的生活习性非常了解。迪博士说，斯里兰卡人特别喜欢喂猴子，弄得猴子们很自大。在猴子看来，人类是低级别的动物，从人类那里抢食物是一件理所当然的事情，换句话说，人类觉得喂猴子是在做善事，但猴子们却把这一行为看成人类示弱的表现，反而瞧不起人类了。

《南方周末》曾载，20世纪50年代，各地都在响应"除四害，讲卫生"的号召，河南省长葛县（现为长葛市）全民出动，漫山遍野赶麻雀，还发明了"驴刷牙""牛戴口罩"的卫生新规，省报的摄影记者还到这里拍了人们给驴刷牙的照片。

猴子们的良好自我感觉，是建立在人类爱护它的基础上的，这样的误会——如果真有这样的误会，我觉得也挺有趣，多多益善；给驴刷牙，同样是爱护动物，却显然是一幕轻喜剧，超出一般人的想象，印有深深的时代印记，是对命题的曲意图解。

其实不用笑驴刷牙的荒唐，现在，很多人都将那些狗狗猫猫，穿上花花绿绿的服装，抱着亲着，还有，街上那么多的宠物店如花般次第盛开。看来，人类已经和动物很亲近了。

人是高级动物，再高级也是动物。

众生平等，也包括最低等的动物。

爱因斯坦曾预言：如果蜜蜂从世界上消失了，人类也将仅仅剩下四年的光阴！是的，在人类所利用的一千三百多种植物中，有一千余种需要蜜蜂授粉。

卢梭在《爱弥尔》的序言中如此告诫我们：我们身患一种可以治好的病；我们生来是向善的，如果我们愿意改正，我们就得到自然的帮助。

人类从来都需要爱的教育，正义，正直，古事今鉴，爱自己，也爱动物。

目 录

白鹇之死

明代冯梦龙《物性之愚》，写到了白鹇，一种过分爱惜自己却常送命的鸟：

> 白鹇爱其尾，栖必高枝。每天雨，恐污其尾，坚伏不动，雨久，多有饥死者。

冯作家这段对白鹇的描写，可以分三个层次来解读。

第一，白鹇的美丽。这只美丽的大鸟，它有着长长的漂亮的尾巴。在它看来，它的美丽，就在于它的尾巴。这样漂亮的尾巴，走在大街上，那是要吸引来一大群围观者的，走到哪，啧啧啧，人们的赞美声就响到哪。白鹇的白，真的体现在"白"这个字上，那是怎样一种白啊，白得真是耀眼，白得真是无瑕，白得让人不由自主地产生对纯洁无私的向往。

第二，白鹇的环境。因为美，所以高傲；因为美，所以爱惜。住是一定要住在高处的，高处的好处是，干扰少，安静，整洁，所以，一定要攀高枝，没有高枝，坚决离开，另觅高枝。

第三，白鹇的性格。它的性格优点不去详说了，总之，这是一只特立独行的大鸟，它很有性格。但是，它性格的弱点也是非常明显的，因为太爱干净了，于是就有了洁癖。洁癖小，会闹笑话，大书法家米芾，他洗手后，从来不用手巾揩干，而是两手相拍，令其自干。洁癖大了，会送命的，就如这白鹇。天总要下雨的吧，大部分的时候，下雨应该是空气指数优良的时候，但不排除会下酸雨。这白鹇每逢下雨的时候，脑子就犯糊涂，它怕雨水弄脏了它长长的尾巴，就蹲在那高枝上，一动不动。大家想想啊，这个雨，一下好几天，甚至十多天的日子不是经常有的吗？那白鹇就是不肯挪步，宁肯饿死，也绝不挪半步。于是，真的有饿死的白鹇。

前几天，省作协开会，碰到衢州市的作协主席 X 女士。聊天时，她说，衢州有一种鸟，其他地方都差不多绝迹了，很漂亮的。我问什么鸟。她说叫白鹇。哎呀，怎么会有这么巧的事！我说刚刚读到冯梦龙的这段描写呢。于是就白鹇的性格进行讨论，她说，应该是这样的。

上网查询，又在浙江在线衢州频道上读到这样一则新闻，大致内容为：

昨天上午，居住在开化城中广场附近的市民汪先生，看到自家窗外的水杉树上有一只很独特的鸟，上上下下地跳着，但貌似没有能力飞走。汪先生就找了动物保护部门询问，他们告诉说，这是国家二级保护动物——白鹇。但它目前待在距离地面约有 15 米的树枝上，人无法救助，只能由它去。今天早上，汪先生看到它依然立在水杉树上，尾巴耷拉着，因为一天没有进食，饿得在啄水杉的叶子。汪先生非常担心，白鹇若不能飞走可能就会饿死。

我没有看到这则新闻的最后结果，这只饿坏了的白鹇，到底怎么样了，是不是被救了？但新闻的描写，恰恰暗合了冯梦龙的记载，这白鹇的确是因为饿的。到底是什么原因让白鹇饿着了？市民汪先生不知道，因为他不知道这鸟的性格，而采写新闻的记者肯定也不知道，所以，这则新闻没有描写环境，当天是不是下雨，我推断，很有可能下雨，因为下雨，白鹇怕弄脏了它那美丽的尾巴，于是不动，尽管此前它已经很饿了。于是，汪先生就看到一只饿得快发晕的白鹇。

我宁愿相信，那只白鹇得救了。现代文明社会，人禽应该和平共处，关心它们，就是关心人类自己。

不会变通，墨守成规，白鹇的性格也确实应该改改了，否则，保不定哪一天，大雨倾盆，阴雨连绵，十天半月不止，那些在野外生活着的白鹇，仍然会有生命之虞的。

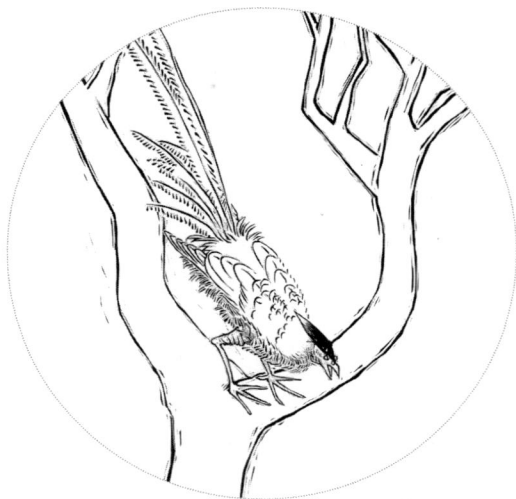

翠鸟的溺爱

明代冯梦龙《古今笑》中，有一只顾此失彼的小鸟：

> 翠鸟先高作巢以避患。及生子，爱之，恐坠，稍下作巢。
> 子长羽毛，复益爱之，又更下巢。而人遂得而取之矣。

想当初，翠鸟也是深知世道的险恶，而懂得要好好地保护自己的。不是说，将屋子建在高处，就能避免所有的灾祸了，但高处总比低处好，它所遭受的危险系数，要比低处少得多。这是它们快乐的单身世界，伴上一个爱人，即便蜗居，那也是幸福至极。

可是，两鸟世界总归是短暂的。小翠鸟的到来，使它们不得不审视现实：太高了，孩子又小，万一有个闪失，那可怎么办。一定得换个大一点的房子，而且还要结实些，高处不胜寒，而且风大，对孩子的成长不利。于是，它们将家搬到比原来低一些的地方，虽然低些，但觉得安全多了。

它们不知道，危险已经在向它们逼近。

快乐的日子，总是拉着时光向前飞跑。沐浴在和煦的阳光下，有着充足的营养，没多久，小翠鸟们开始长羽毛了。多可爱的孩子啊，这不就是我们小时候的样子吗？看着顽皮的孩子，翠鸟们一下子又回到了自己的童年。这个时候，它们全身心都在孩子身上，嗯，孩子们马上要学飞行了，但它们的体力太弱，飞不了几步，这个房子还是太高，不利于它们初期的练习。这样的环境，怎么会有利于它们的飞行呢？绝对不行，换房子虽然辛苦，但是，为了孩子的健康成长，不惜做最大的牺牲，哪怕负债，我们也要将房子换到好一点的地方。孟母三迁的故事，深深地激励着它们，为了孩子，什么苦我们都能吃！

于是，翠鸟们终于又搬了一次家，这个新家，非常适合小翠鸟的成长，它们一家人都很满意。

可是，不幸得很，有一天，在大翠鸟们外出的时候，它们的家被捉鸟人给端掉了，小翠鸟们跑不及，全部被捉。

翠鸟有着和人类相同的对孩子的爱。但为什么又被人给捉去了呢？这里的"人"，可以解释为，外部恶劣的环境，外来的危险。

因溺爱孩子而遭受到祸害，一定让翠鸟们悔恨不已。也许，这一对翠鸟夫妇吸取了教训，但是，别的翠鸟父母们或者即将做父母的翠鸟们，仍然会一味姑息，直至送掉孩子们的性命。

所以，对翠鸟们来说，它们生活得更艰难，因为，它们要对付的不仅是大自然，还有各色垂涎它们的人类及其他兽类。

鲳鱼的名声

鲳鱼，像娼妓一样的鱼。

明代彭大翼《山堂肆考·羽集》中如此说这条鱼：

> 鲳鱼，一名昌侯鱼，以其与诸鱼匹，如娼然。

同时代的大医学家李时珍，也在《本草纲目·鲳鱼》中这样描写：

> 昌，美也，以味名。或云：鱼游于水，群鱼随之，食其涎沫，有类于娼，故名。

明代屠本畯在《闽中海错疏》中仍然这样想象：

> 鱼以鲳名，以其性善淫，好与群鱼为牝牡，故味美，有似乎娼，制字从昌。

于是，我们日常很喜欢吃的鲳鱼，就这样戴上了一顶名声不好的帽子。

上面几位，火力的集中点主要在：

其一，鲳鱼在水中游的时候，总是集体行动，浩浩荡荡，当然还有其他各种各样的鱼，紧紧跟随。这是一种什么现象？这种现象很不好嘛，干吗这么成群结队，是游行？是示威？看它们搂搂抱抱，卿卿我我，人来熟，人来疯，一看就知道，都不是什么过正经日子的。

其二，鲳鱼游动时，口中会流出唾沫，引得小鱼追逐而行，举止轻浮。你没事，嘴里老吐那些东西干吗呢？是昨晚花天酒地醉了？是你钱多一路撒，引诱众生？

其三，鲳鱼非常愿意和同类谈情说爱，当然，更多的情况是，它们也很喜欢和同类打情骂俏，不光动嘴，还动身，这不是滥交是什么？你们要爱就好好爱，怎么没有一点操守呢？

鲳鱼们很不服，竭力反驳：

我们不就是长得标致特别，就是你们说的味美，味美有错吗？

我们喜欢结伴出行，相互抚摸，难道就是滥交？自己内心龌龊，一定看别人不光明，你们自己喜欢孤独，别看我们不顺眼。

我们嘴里吐东西，你难道不允许我们排卵？你有没有点科学常识啊，没有就不要乱说。

然而，鲳鱼们的反驳是没有用的。

几百年来，就如它们在海中穿行那样，既无声，又无力，虽然自由，但仍然摆脱不了人类的世俗偏见。

想想也是，鲳鱼是什么啊，不就一条鱼吗？比你味美的鱼多了去了，你有什么资格和人类讲理？纵然是人类的观察出现偏差，偏差又怎么样？你还想翻案不成？

即便是人，我们仍然可以叫她"娟"。

我们才不管先前那个"倡"呢。

倡优：古代乐舞杂技之人。乐人称倡，伎人称优。

倡伎：古代以歌舞为职业的女艺人。

让我们设想这样一个场景：某王公贵族家，正在举行一个盛大的宴会。宴会档次高，嘉宾人数多。宴会内容丰富，形式多样，参与互动性强。除显能耐的作诗赋词外，倡优的表演也是一个重头戏。那些倡优，才艺都是一流，有些还从国外进口。众嘉宾一边豪饮，一边击掌。忽然，碎步移出几位国色天香倾国倾城的美人，整个场景便是，琵琶声停欲语迟，此时无声胜有声。有几个高官便直接和宴会主人提出要求：这个，那个，散场后，陪我们吧，我们要定了，什么要求尽管提。在他们眼中，这个伎，就是妓，是供人玩乐的。

于是，伎变成了妓，倡也变成了娟，倡伎就是娟妓。

中学的古文课上。

语文老师在讲解《史记·魏其武安侯列传》："天下幸而安乐无事，蚡得为肺腑，所好音乐狗马田宅。蚡所爱倡优巧匠之属，不如魏其、灌夫日夜招聚天下豪杰壮士与论议。"

老师问：这个田蚡喜欢什么？同学们懒洋洋地回答：喜欢音乐，喜欢财物，还喜欢娟妓！

老师再问：这里的倡优就是娟妓吗？同学们齐声回答：是！

其实不完全是。

"倡"变成"娟"，没有人能弄得清它的演变过程，但它一定是男人们长期吃喝玩乐的成果。

如此说来，鲴鱼的下贱历史，就是人类的一种强加。那么美味的鱼，实在没有诋毁它的理由。尽管李时珍是大医学家，但如果听信流言，他就一定有看走眼的时候。

动物部队

两军对垒中，想办法出奇制胜才是成功的王道。这个时候，动物也派上场了。

清代赵翼的《陔余丛考》有如下记载：

《左传》：吴阖庐败楚师，至于郢。楚王使针尹执燧象以奔吴师。《史记》：田单守即墨，收城中牛，束兵刃于其角，而灌脂束苇于尾，烧其端纵之燕军。牛尾热，怒而奔燕，壮士从之，遂破燕军。此火牛、燧象二事，人所共知也。（宋王德讨邵青，青亦用火牛。德曰："此古法也，可一不可二。"乃万矢齐发，牛返奔，遂歼敌。）《后汉书》：杨璇为零陵守，贼攻郡县，璇乃制马车数十，以囊盛石灰于车上，系布索于马尾，将马居车前，顺风鼓灰，因以火烧布，布燃马惊，尽突贼，遂破之。则又有用火马者。《宋史·赵遹传》：遹攻晏州，贼据轮缚大囤，陡峭不可上。遹令土丁从山后挽藤葛而上，得猱数十头，束麻灌以膏蜡，缚于猱背。及贼栅，燃火炬，热狂跳。贼庐舍皆茅竹，猱窜其上，火辄发，遂破贼栅。则并有用火猱者，又前人未出之奇也。

这里是特种部队，利用动物作战的若干故事集合。

鍼尹燧象。2500多年前，吴王仅凭三万之众，在郢那个地方，打败了强大楚国六十万的部队，这样的战绩，让楚王很是懊恼。人处绝境，一定会想到破釜沉舟的。怎么办呢？还是土办法，用火攻！但是，这一回，楚王却出乎意料地利用了大象，那些象本来是庞大作战队伍运输给养用的，这下好了，干脆就用象来攻。将大象尾巴上绑上可燃物，然后用它们打前阵，后面的士兵也不至于被战败的心理阴影笼罩，火象冲在前，士兵战在后，有了大象的横冲直撞，后面的士兵只要稍微用用力，打扫打扫战场就行了。自然，这一战取得巨大胜利是无疑的。因此，《左传》中也没有更多的记载。

田单火牛。这场战争，司马迁记载得就详细多了。齐国被燕国弄得够呛，主要是燕国的大将乐毅厉害，乐将军一连横扫齐国七十多座城池，齐国只剩下莒城和即墨了，岌岌可危。这个时候，齐王的一个远房亲戚叫田单的，他很有头脑，他认为要将目前危险的局势扭转，必须从燕国的内部下手，乐毅不离开，我们无法突破。于是不断采取措施，有上策，有中策，也有下三烂的，一直到燕国新王上来了，换上骑劫做大将军，形势才有所改变。田单还是先放谣言，再造舆论，又耍手段，最后，让骑劫他们认为，这个齐国，已经是秋后的蚂蚱——没几天了，全体燕军都松懈了。然后，田单用数千头牛作前阵，牛的尾巴上照样系上可燃物，当然还要在牛的角上绑上尖尖的刺刀，火燃，牛惊，牛奔，然后，集数千敢死队随后。这些敢死队憋得太久了，他妈的，凭什么将我们围了好几年啊，这下子统统让你们完蛋！自然，田单大胜，然后，一鼓作气，收复七十多座被占城池，将摇摇欲坠的齐国生生地挽救了回来。

田单这个方法，赵翼写道，宋代的邵青也用过，同样的方式方法，却是不同的战果，邵青也名垂青史，不过，是败将，牛反而跑到自己的阵地上来了。其实，邵将军应该有自知之明，王德说了，这样的方法不能多用，只能偶尔，而且要根据战场的实际，千万不能套用！

杨璇火马。这个零陵杨太守，运气不太好，当地土匪的势力太强大了，他们连克大小城市，还来围攻他的郡县。想想看，一个落后的地区，能有多少可用的兵力啊？杨太守只好想另外的办法。果然，有妙计：弄数十辆马车，在马车上装上生石灰，然后在马尾巴上系上可以燃烧的红布。马车跑起来，顺风会吹散石灰，那些石灰一下子就迷蒙、灼伤敌兵的眼睛；然后，将马尾上的布点燃，布热灼尾，马于是狂奔，那些贼被突然前来的马吓呆了，还没搞清楚怎么回事，就死的死，伤的伤，一片狼藉。

赵通火猱。猱，就是小猴。猱虽然名气不怎么好（详见本书《一肚子坏水的猱》），但这回，表现还可以。宋代赵通攻晏州，贼寇占据有利地势，打不下来呢。他就找了数十头的猱，这些猱，身材小巧，却是钻山爬高的好手啊。在它们的背上捆上可燃物，想想看点燃后的场景，背上热起来，痛起来，这些小猱一定会往高处跑，而那些贼居住的都是连片的茅草屋，小猱上蹿下跳，贼们的房子于是成了火的海洋。战斗胜利，带火的小猱真是功不可没呢！

您也看出点名堂来了，动物部队，一是用动物的能力，二是让动物带火，这要看具体的场景，一般的做法是，人达不到的程度，用动物却可以达到目的。

再看史上的记载。

江卣火鸡。据《晋书·江卣传》记载，山桑之战后，姚襄的羌族和丁零部众距离殷浩十里结营。被围后，殷浩就命令长史江卣率军反击。这个江卣还是很有办法的，他将驻兵推进到姚襄大营附近后，对诸将说：如今我们并非兵不精锐，只是无奈人数太少，而敌人的营栅又这么坚固，怎么办呢？我将设计击破他。他让人找来数百只活鸡，用长绳连在一起，鸡脚绑上火种，投入姚襄的军营。于是，火鸡部队飞向姚襄军营，营中顿时火起，江长史趁着姚襄营中大乱，率军进攻，姚襄因而失败。

明代谢肇淛《五杂组》卷之九也有动物部队的记载：

> 福清石竺山多狙，千百为群。戚少保继光剿倭时屯兵于此，每教军士放火器，狙窥而习之，乃命军士捕数百善养之，仍令习火器以为常。比贼至，伏兵山谷中，而令群狙阄其营，贼不虞也。少顷，火器俱发，霹雳震地，贼大惊骇，伏发歼焉。

这里写的是戚继光用猴子当部队抗击倭寇的故事。

看记载，戚将军一开始的时候还没有发现猴子有作战的功能。石竺山一带多猴子，而好动和模仿是猴子的天性，戚的部队在训练时，那些猴都会在边上看，看得多了，猴子自然也会操作，不就是将火药装上，瞄准，然后扣动扳机吗？戚将军发现猴子的这种聪明劲后，就让士兵大量捕捉猴子，并且驯养它们。猴子的机灵在这个时候就得到了充分的体现，没有经过培训的猴子都会放枪，那培训过的猴子更加不得了了，于是，猴子就成了戚家军里重要的秘密武器，不到万不得已不会展现的。你看，战斗真正打响的时候，戚将军将伏兵埋在山谷，命令猴子部队去闯倭军营，倭寇看到来了这么大的一群猴子，还以为哪个马戏团的猴子跑散了呢，一点也不防备，不仅不防备，还和猴子们做游戏，哪承想，这些猴子是不速之客，居心叵测，玩着玩着，就玩出火来了。等到猴子这里打响，伏兵马上冲出，倭寇自然一败涂地。

这些猴子真是厉害，它们让马都害怕，否则，那个大闹天宫的弼马温怎么会去养马呢？

鹅的喜剧

明代冯梦龙《痴畜生》中这样说鹅：

> 鹅性痴，见人辄伸颈相吓。故俗称痴人为"鹅头"。

小时候鹅追人的场景还能生动浮现在心头。

往往这样：几个小屁孩，漫无目的，东逛逛，西瞅瞅。突然，前方或身后，几只大白鹅声声尖叫，伸着长颈，向小屁孩们冲杀过来，胆子小的，撒腿快跑，胆子大的，就地蹲下，抄起一块石头，和敌人怒目而视。这个时候，那鹅也会停下来，就如那些土狗，你越跑，它追得越快，因为，在它们心里，怕它们的，一定是可以打败的。胆子大的孩子这样想，你有什么了不起，不就是仗着自己声音大、个头大吗？大不了被你钳一下（鹅嘴巴的生理结构，导致它不可能像其他动物那样可怕）。而它真正能钳到人的机会，却很少有。也许，它自己也不知道有多大的攻击力。

鹅就是这样的，大概智商并不高。否则，祝英台为什么会嗔骂梁山伯同学是"呆头鹅"呢。

看梁山伯送祝英台下山途中的喜剧场景。

女书童：你看前面一条河。

男书童：漂来了一对大白鹅。

山伯：公的就在前边走。

英台：母的后边叫哥哥。

山伯：（此时凌波的动作十分可爱。头左右摆，凝视，双手一甩一摊，张嘴尖声唱）未曾看见鹅开口，哪有母鹅叫公鹅？

英台：你不见母鹅对你微微笑，它笑你梁兄真像呆头鹅。（英台顽皮地瞪眼，带点责怪地伸扇一指）

山伯：既然我是呆头鹅，从此莫叫我梁哥哥！（山伯佯怒，英台长揖赔礼，山伯转嗔为喜，抿嘴一笑，梁祝并肩前行）

尽管，梁山伯也不喜欢"呆头鹅"，但是，梁兄的表现，确实是"鹅"的行为。上面这个著名的场景中，至少可以看出梁兄的两大白痴：

不懂即兴比喻。一条河，又有一对大白鹅，这是什么样的寓意？这不连男女书童都懂的事吗？但梁兄不理解。

不懂拟人手法。英台妹妹触景生情：我的傻大哥哎，母鹅都在叫公鹅哥哥呢，就你不懂我的心思！梁兄确实不理解。

也许，正是梁兄的"鹅"味，憨厚，朴真，英台妹妹才超级喜欢吧。

初唐七岁神童骆宾王，一首《咏鹅》小诗，将鹅的地位提高到了空前的地步。

很多家长，在孩子刚刚起步的时候，都这么教他们，我也是这么教陆地同学的。可是，《咏鹅》只是孩子眼中的一种假象，他不会想到更多。

"曲项向天歌"，朝天有什么好喊的，难道是向天诉说自己有多俊美？鹅只是可爱罢了，而且，它的可爱只显示在水里，如果水好，那才能"白毛浮绿水，红掌拨清波"，现在，要看到这样的场景，是很奢侈的。

不过，你如果到泰晤士河畔，就能看到皇室所有的天鹅，很悠闲，别人都不敢动它们。早在12世纪，英国法律就规定，全国所有的天鹅都归君主所有，宰杀或伤害天鹅都列为叛国罪。我不知道为什么英国的皇室这么霸道，是高贵？难道高贵的就只有天鹅？难道高贵仅属于皇室？但不管怎么说，鹅的生命权得到了充分而有效的保证。

宋代徐铉的《稽神录》中有一则《平固人》，因为一客人听得懂鹅语，而救了一村的鹅：

> 虔州平固人访其亲家，因留宿。夜分，闻寝室中有人语声，徐起听之，乃群鹅语曰："明旦主人将杀我，善视诸儿。"言之甚悉。既明，客辞去。主人曰："我有鹅甚肥，将以食子。"客具告之。主人于是举家不复食鹅。顷之举乡不食矣。

到现在，人类也只是在利用鹅的纯真和简单思维。

在农村，有的人用鹅代替狗看家护院。

他们的理由是：鹅的警惕性非常高，某种程度上，比狗好使。入侵者可以丢药包子，毒死狗，而鹅一养一群，想要放倒它，很难。

这应该是一个喜剧场面。

绍兴兰亭，"鹅池"，两个大字，已经有1600多年了，王羲之手书，正幻化为一群机灵的大白鹅，引项高歌，向我飞奔而来！它们不是来吓我的，它们是来热情迎接我的！

吃石头的鳄鱼

有一天，随园先生袁枚有事要从扬州到镇江去，估计他江上孤舟，独行惯了，但这一次给他留下了惊心动魄的印象，有《渡江大风》体现他当时的心情。全诗共八句：

> 水怒如山立，孤篷我独行。
> 身疑龙背坐，帆与浪花平。
> 缆系地无所，鼍鸣窗有声。
> 金焦知客至，出郭相远迎。

诗应该不难理解，这里大约有三个层次：渡江碰到大风了，风掀起的浪有几丈高，而只有我们这一条小船在江中航行，危险啊危险，小船犹如骑在狂奔的蛟龙背上；处在这样危险的环境中，小船没有任何可以停靠的地方，只有不断向前，窗外传来猪婆龙吼叫的惊恐声，它们也来凑热闹，想拱翻我啊；幸好我是有福之人，对面的金山和焦山知道我要来拜访，都早早地伸长双手迎接我，于是我平安到达。

袁先生的诗意暂且放下。只说他行船途中窗外那些猪婆龙。这龙并不是真的龙，而叫鼍，就是现在的扬子鳄。

此鼋虽是稀有动物，但它成名很早了。有传说，周穆王三十七年伐楚，过九江就是以鼋和鼍作桥梁的。哈，英勇的周王朝战士，踩着这特殊的桥，作跳跃状，样子一定很滑稽。《诗经·大雅》中还有著名的《灵台》篇，那是歌颂周文王花大代价造了个灵台，在那里庆祝，在那里歌舞，鼓声嘭嘭，热闹至极。那响彻数里的鼓，就是用鼍的皮制作的。动物的皮很多啊，为什么一定要用这个鼍的皮呢？那一定是鼍的声音响亮吧，而且，这个鼍，它本身发出的声音就如鼓声。

《本草拾遗》说，鼍还是很有用的中药呢，主治恶疮，腹内症痕。炙烧浸酒，主治瘰疬，杀虫，瘘疮，风顽疥癣。功用同鳖鱼。

浙江长兴，有扬子鳄养殖园。

我去长兴，就是为了核实并见识一下扬子鳄的一些特殊的习性。

这个史前遗留下的活化石，有一个怪怪的习性，就是喜欢吞石头。为什么要吞石头？简单的回答是，它的牙齿没有咀嚼功能，看它长着一副尖锐的牙齿，似乎很凶猛，却是槽生齿。不仅如此，连带而来的就是，胃部的消化功能也变得很弱，这就像一个年纪大的老人，要么装一副假牙，否则只能吞食了，而遇到坚硬一点的食物，那就只能望其兴叹。可是，扬子鳄不信这个邪，上天不给我这个功能，我一定要找一种方法，否则我们怎么生存？

于是，它在捕捉食物时，要么用嘴巴狠咬，要么用尾巴强扫。这方面，它积累了丰富的战斗经验。抓到比它大的陆生动物，它就将它们拖到水里，淹死，抓到比它大的水生动物，它就将它们拖上岸，干死。

捕捉到了动物，并不能增强胃的消化功能。所以，它选择吃石头，来帮助磨碎骨头和甲壳之类的硬性食物。这些石头，就像搅拌机一样，能把硬的东西统统磨碎。

这些石头还给扬子鳄带来另一个好处，胃里有了充分的重量，一下子就增加了它的体重，它就能在水底静卧，也就是说，它在水下可以自由地行走，非常灵活地抓捕它需要的食物。

我还是很好奇，用吃石头的方法来增强胃的消化功能，只是扬子鳄吗？

其实不止。非洲鳄鱼也是这样的。英国科学家在研究尼罗河鳄鱼的生活状况时发现，那里的鳄鱼也吞食很多石头，甚至，栖息在多淤泥和沙土地区的鳄鱼，胃里也能找到石头。鳄鱼为了寻找石头，有时不得不跑很远的路，石头真是鳄鱼的必需品啊。

初春的暖阳，湿地的青色还没有完全翠绿，湖水也显得有些混浊，那些大大小小的扬子鳄，三三两两地在岸边晒着太阳。是长久的冬眠刚刚醒来，还没有进入工作状态？是它不用担心来自别处的威胁而悠游？是它无食捕或不用为一日三餐而忙活？都是，也许都不是。

任何动物都有它独特的生存方式。这种生存以各种方式表现着，鳄鱼吃石头，石头只是一种硬物的代表，石头满地都是，随便找。如果石头很难得到，如果铁、铜等并不需要冶炼，那么，鳄鱼也会吃铁吃铜，反正，它的胃肌收缩时，必须有硬物搅拌，这样才能构成一种平衡。

这些养殖的鳄鱼，还吃石头吗？我问工作人员。那肯定吃，不过，没有像野生的那么多了，我们只是找了些小石头，让它们随便吃。

恐龙早已没有了，恐龙的小兄弟扬子鳄目前还健在。

但如果，在人类这样划定的保护圈里，那些扬子鳄过着如此悠闲的生活，石头也不再成为生活必需品时，我不知它们还能活多长，传多少代。

　　至少，今天的扬州人坐船过镇江，再也不用担心那些鼍来捣乱了。

韩愈祭鳄

公元819年，韩愈韩昌黎先生，在刑部侍郎的任上犯了严重错误（提了不该提的意见），被唐宪宗贬到潮州做刺史。他在潮州虽只有八个月，却干了四件正儿八经的大事情：解放奴婢，禁止买卖人口；兴修水利，凿井修渠；兴办学校，开发教育；祭走鳄鱼，安顿百姓。

这里单说祭走鳄鱼。

唐代张读的《宣室志》这样记载：潮州城西，有个大潭，中有鳄鱼，此物体形巨大，有一百尺长。每当它不高兴时，动动身子，潭水翻滚，附近的森林里都听到如雷的恐怖声，老百姓的马啊牛啊什么的，只要靠近水潭，就会被巨鳄瞬间吸走。数年间，百姓有无数的马牛被鳄鱼吃掉。

韩刺史到达潮州的第三天，征询老百姓的意见和建议，有什么重要的民生问题需要解决吗？

百姓异口同声：鳄鱼的危害太大了。

韩刺史听了汇报后表态：我听说诚心能感动神仙，良好的政绩能感化鸟兽虫鱼。立即命令工作人员，准备必要的祭品，在潭边上搭起小祭台，他亲自祷告：你（鳄鱼），是水里的动物，今天我来告诉你，你再也不要危害人民的财物了，我用酒来向你表示慰问，请你自重！最好自行离开！

当天晚上，潮州城西的水潭上空，就传来暴风雨般的声音，声震山野。

第二天，老百姓跑到水潭边一看，咦，水都干了。鳄鱼呢？经侦察，巨鳄已经迁移，到潮州西边六十里的地方，另找了水潭栖身。

从此，潮州的老百姓再也不受鳄鱼的危害了。

此后，关于韩刺史祭鳄的真假，一直就争议不断。

赞同方认为，韩刺史以他的诚心，他的文名，他的德行，感动了鳄鱼，为潮州人民解除了鳄害。于是，一直传，一直传，现在的潮州，遍地都是当年韩刺史的影子。

反对方认为，韩愈就是个书呆子，鳄鱼能自己跑掉？鳄鱼能听他的话？荒唐透顶。他是沽名钓誉，为自己的政绩制造谎言。

作者张读，出身文学世家，他的高祖、祖父、外公，都是写小说的。这本《宣室志》，就取名汉文帝在宣室召见贾谊，问鬼神之事，所以，他的书中多记载神仙鬼怪狐精故事，是属于神怪小说之类的。传说韩刺史祭鳄，张读是第一人，后来的《旧唐书》依据的也是张读的版本。

在布衣看来，解读韩刺史祭鳄，关键有两点：一是可能不可能祭鳄；二是鳄鱼会不会自己跑掉。

第一个问题很简单，祭鳄是中国传统祭祀的自然延伸，算不得什么新发明。古人碰到问题不能解决，既问苍天也问鬼神，杀头牲口，摆个祭台，太正常不过了。还有，韩刺史这样的书生，手无缚鸡之力，是不可能去缚巨鳄的，不现实。

而且，有韩刺史的祭鳄文为证，我全文引于此：

维年月日，潮州刺史韩愈，使军事衙推秦济，以羊一、猪一，投恶溪之潭水，以与鳄鱼食，而告之曰：昔先王既有天下，列山泽，罔绳擉刃，以除虫蛇恶物为民害者，驱而出之四海之外。及后王德薄，不能远有，则江汉之间，尚皆弃之以与蛮夷楚越，况潮岭海之间，去京师万里哉！鳄鱼之涵淹卵育于此，亦固其所。

今天子嗣唐位，神圣慈武。四海之外，六合之内，皆抚而有之。况禹迹所掩，扬州之近地，刺史、县令之所治，出贡赋以供天地宗庙百神之祀之壤者哉！鳄鱼其不可与刺史杂处此土也！

刺史受天子命，守此土，治此民；而鳄鱼睅然不安溪潭，据处食民、畜、熊、豕、鹿、獐，以肥其身，以种其子孙；与刺史亢拒，争为长雄。刺史虽驽弱，亦安肯为鳄鱼低首下心，伈伈睍睍，为民吏羞，以偷活于此邪？且承天子命以来为吏，固其势不得不与鳄鱼辨。

鳄鱼有知，其听刺史言：潮之州，大海在其南。鲸鹏之大，虾蟹之细，无不容归，以生以食，鳄鱼朝发而夕至也。今与鳄鱼约，尽三日，其率丑类南徙于海，以避天子之命吏。三日不能，至五日；五日不能，至七日；七日不能，是终不肯徙也，是不有刺史、听从其言也。不然，则是鳄鱼冥顽不灵，刺史虽有言，不闻不知也。夫傲天子之命吏，不听其言，不徙以避之，与冥顽不灵而为民物害者，皆可杀。刺史则选材技吏民，操强弓毒矢，以与鳄鱼从事，必尽杀乃止。其无悔！

祭文的中心思想很明确，分析了鳄鱼为害的原因，要求鳄鱼有自知之明，不要太过分，限期搬迁，否则我韩书生也会来硬的，将你们斩尽杀绝！

人们一直以为，韩刺史是借题发挥，讽刺当时的政治局面，在指责鳄鱼的背后，有比鳄鱼更为凶残的丑类在：安史之乱以来，那些拥兵割据的藩镇军阀，鱼肉百姓的贪官污吏，更为祸国殃民，他们才是祸害百姓的巨鳄。

也许吧，以韩愈的文才，以他站立的思想高度，以他个人的遭遇，借潮州鳄喻唐代现实，完全有可能。

第二个问题，鳄鱼会不会自己跑路？

有可能也不可能。可能的是，鳄鱼是水陆两栖，它如果感到不安全，或者是因为觅食的需要，也是会跑路的，但不可能做长距离的陆地迁徙。

因此，鳄鱼自己另找地方，只能是人们的一厢情愿，他们碰到了一个好长官，好长官一来就为他们解决实际问题，这是个良好的开头，至于鳄鱼跑不跑，何时跑，已经不是非常重要了。

后来的实际情况是，潮州的鳄鱼，确实少了，甚至绝迹了，主要是气候的原因，但人们仍然愿意将韩刺史和它们相连。附会，演绎，传说，一切都非常美好。

鳄鱼的凶残，由它的本性决定。它能否听得懂韩刺史的祭文，已经不是很重要，在古代人们的眼里，所有的动物都是有灵性的，你尊重它们，它们就会通人性，而且，历朝历代那么多的鬼怪故事，那些鬼怪的前生往往是动物，它们能洞察人类的一切秉性，它们往往有比人类还高尚的品格。

虽然这些都是人们的良好愿望，但我相信，鳄鱼是真听懂了韩刺史的告诫话，它对德高望重的文豪也很尊重，于是不再作恶，自觉搬迁。

再插一段。

宋代王辟之的《渑水燕谈录》卷八有这样的记载：宋真宗的时候，陈文惠贬官潮州，有一张姓老百姓，在江边洗东西，被鳄鱼所吃。陈长官说：以前韩刺史用文章祭鳄，鳄鱼听他的话，跑到别的地方去了，现在，这鳄鱼又跑回来，还吃人，实在是不可以饶恕的。立即下令有关部门捕捉鳄鱼，白纸黑字，批判其罪恶，并斩首示众。

呵呵，那鳄鱼毕竟是畜生，如果听得懂人话，也只是巧合而已。

"飞"象

象是陆地上现存最大的动物，它绝对飞不起来，有数吨重呢。

但象棋里的象会飞。在田字格的范围内，谁只要侵犯了它的地盘，它就可以"飞"掉你，四方呼应，左右相顾，目的只有一个，就是保护主帅。

象还真干过这样的活，保卫工作做得像模像样。

明代谢肇淛《五杂组》卷之九物部一对象有如下记载：

> 滇人蓄象，如中夏畜牛马然，骑以出入，装载粮物，而性尤驯。又有作架于背上，两人对坐宴饮者，遇坊额必膝行而过，上山则跪前足，下山则跪后足，稳不可言。有为贼所劫者窘急，语象以故，象即卷大树于鼻端，迎战而出，贼皆一时奔溃也，惟有独象时为人害，则阱而杀之。

这一段中写象是人们生产生活的好帮手。大象在云南一带，是非常普通的动物，老百姓把它和牛马同样对待，只是大象比较强大，装粮载物，一只象要抵过数头牛马。大象具有宽阔的背脊，在那上面，都可以放张小桌子，坐着喝酒，稳重如山。它还会打仗，你看，劫匪来了，它将大树当作武器迎战，敌人全线崩溃。但象最终还是死在人的陷阱中。

再看象的不平常：

> 今朝廷午门立仗及乘舆卤簿皆用象，不独取以壮观，以其性亦驯警，不类它兽也。象以先后为序，皆有位号，食几品料。每朝则立午门之左右，驾未出时纵游龁草，及钟鸣鞭响，则肃然翼待，俟百官入毕，则以鼻相交而立，无一人敢越而进矣。朝毕则复如常。有疾不能立仗，则象奴牵诣它象之所面求代行，而后它象肯行，不然终不往也。有过或伤人，则宣敕杖之，二象以鼻绞其足踣地，杖毕始起谢恩，一如人意。或贬秩，则立仗必居所贬之位，不敢仍常立，甚可怪也。

谢作家这一段的描述，信息量还是非常大的。总起来说，大概有以下一些信息：

象的本质品性是驯和警。如果性质顽劣，不受人类指挥，那么，便没有了和人类做朋友的基础，而象极温驯。另外，它还非常警敏，能有效地认识自己人，以及需要它认识的人。就如机器人一样，指令输入后，便只会按指令办事，其他六亲不认。

管理到位。因为有了第一个作基础，才使得管理有了可能。首先，如管理人类的官员一样，将它们分成三六九等。你的等级决定了你的各项待遇，比如站立的位置，食物的好坏。而等级，一定是根据大象的年龄、体型、长相、能耐、温驯度等来分的，什么位置干什么工作，一清二楚。其次，它们的工作也简单明确，百官入朝后，两边的大象会用鼻子相交，搭成一个长长的鼻网，闲人是不能也无法进的，这就确保了百官在里面参政议政的安全性，绝对不可能有上访者闯入。再次，对特殊情况的管理，如果哪一只象生病了，那么，它站立的位置不能空缺，那就要管象的工作人员将病象牵到其他候补队员面前，告诉候补队员：这个正式队员，今天身体不行，你能否代为站立啊？候补队员点头同意，正式队员才可休息。

处罚如人。象犯错以后，绝对是要处罚的，如果伤人，那么，根据上级的命令，要施以杖刑，怎么执行呢？命令其他两头象，用长鼻子将犯错者绞倒在地，然后，人上去用杖打，估计，根据犯错程度，打几下都有明确规定，而这些规定，象说不定也知道，如果象知道规定，那简直就是知法犯法了。杖刑实施完毕后，犯错者还要起身，谢主隆恩。有的时候，杖完以后，远远不够，还要将它们的俸禄降格。那些犯错者，大气也不敢出，根本不会反抗。

谢作家在描述象后有一句评论：此物质既粗笨，形亦不典，而灵异乃尔，人之不如物者多矣。

是的，这个看起来不怎么起眼的象，怎么会这么通灵呢？唉，看来人很多地方不如物哎！

谢作家眼中的象，就在北京宣武门那一带，以前叫象来街，象来象来，大象出行的场面想来是极为壮观的。后来，象不来了，改长椿街。

在我还是很小的时候，就知道盲人摸象这个成语了，一直想，那些盲人真可笑，摸到象的一点点部位，就认为是象的整体了。现在想来，那些盲人一点也不可笑，不仅不可笑，还很可爱，他们的可爱之处就在于，他们很实事求是，摸到什么就说什么。从思想的认知角度讲，我们对象的理解基本等同于成语中的那些盲人。

我们设陷阱，我们拔象牙，我们将象鼻当甘炙，我们还将象的胆睛皮骨当药！

棋盘上，用象牙制作的象，却死命地保帅。

蜂之语

医生告诉说，睡前服几粒蜂胶，有助于睡眠。每服蜂胶，就常常会想到可爱的小蜜蜂。

若干年前，我做记者的时候，曾经采访过一位养蜂大王，很早的万元户。至今，还深刻地记着他说的一句话：蜂是有灵性的，你像对人一样对待它，它就会很好地回报你。他还自豪地说，他听得懂蜂之语——蜂们说的话。

650多年前，诚意伯刘基，也很语重心长地讲了个蜂之语的故事（《郁离子·灵邱丈人》）。

齐国灵邱，有位老先生是个养蜂高手。每年都能产出好几吨的优质蜂蜜，还有和蜂蜜一样多的蜂蜡。宋代以前，这蜂蜡使用还仅限于富贵之家，晋代贵族石崇和人斗富，用蜡烛作炊，就震惊当世了。有人说，老先生家的富裕程度，和有封地的贵族有得一比。老人去世后，他儿子继承了这份产业。可是没到一个月，蜂群就有整窝整窝飞离的，他也不管它，任它们离去。一年多的时间，蜂群跑掉了一大半；又过了一年多，蜂群全跑光了。这个家就很穷了。

大企业家陶朱公（范蠡）有次经过灵邱，听到这个故事，于是就做了一番调查研究。他调查的主题是：这家人为什么以前生意做得这么好，现在这么贫穷呢？

被调查的是那位养蜂人的邻居，一位见证他家兴旺和衰败的老人。这位老人告诉大企业家：没有别的什么原因，都是因为蜜蜂啊。

老人帮大企业家分析了个中原因。

以前老先生养蜂，园里有专门给蜂们住的大茅屋，还有专门的人员管理这些茅屋。蜂们具体住在什么地方呢？他把掏空的树木做成蜂房，这样的蜂房没有裂缝，没有臭味。布置这些蜂房也是有讲究的，要疏密有间，还要新旧有序，要讲究坐落方位，还要注意窗户的朝向。蜂群多了怎么办呢？那就五个编为一组，五组编为一伍，一个管理员就管理一伍。管理员的职责就是，照顾蜂们的生活，调节蜂房的温度，并按时打开和关上大茅屋的门窗，夏天不让它们在太阳下暴晒，冬天不让它们在冰雪中受冻，刮风不会摇摆，雨淋不遭浸泡。蜂们繁殖多了就及时分群，少了就给它们合并。一个重要的节点是，绝不能让两只蜂王在同一个窝里，否则就会窝里斗。而且，老先生还非常注意蜂房的清洁卫生。比如，要扫除蜘蛛蚂蚁，要驱散土蜂和食蝇蜘蛛。再有，老先生取蜂蜜也很科学，只是分出蜜蜂剩余的就够了。这样的话，原有的蜂们就很安心地待着，新生的蜂也养得好。

陶朱公听到这里，若有所思，老先生这样治理蜂群，有那样的收获不奇怪。

邻居接着再细细数落老先生的儿子。这个儿子一点也没有父亲那样的头脑：园子茅屋他不修理，污秽他不清理，燥热潮湿他也不调节，蜂房的门窗开启关闭更没有规律，蜂们的居住条件越来越差，蜂们越来越不喜欢它们的蜂房。时间长了，毛虫和蜜蜂同住一个蜂房也不知道，蝼蚁蛀它们的蜂房也不制止，食蜂鸟在白天掠杀蜜蜂，狐狸在晚上偷吃蜂蜜，这些，这个儿子统统不管，他只管取蜂蜜就完事了。

其实，这次调查并不是陶朱公一个人，还有他带的博士生、硕士生、董事会秘书，对于这样活生生的 MBA 事例，陶朱公自然不会不加点评的：你们这几个人要记住啊，治理国家对待民众，可以借鉴这样的事呢！

春祥我，对陶朱公的点评似乎意犹未尽。其实，我们还可以把那些蜜蜂看成一个个的个体企业，个体人才，那么，那位老先生和老先生的儿子就是不同的单位领导。现在有些单位的领导，和这个儿子太像了，只管取蜂蜜。有的时候，人才们还不如那些蜜蜂呢，蜜蜂不高兴了，可以直接飞走，老子不高兴在这里了！人没有那么自由啊，特别是一些有事业编制的人，你能飞到哪儿去？

陶朱公的点评，刘基的用意，意思其实极简单，那就是我们要懂蜂之语。

然而，难道仅仅是蜂之语？

题外话。不是广告。我的家乡浙江桐庐的几位企业家，二十几年前就做了个"蜂之语"的产品，现在，这个品牌已经非常著名了，杭州的大街小巷到处都是"蜂之语"的专卖店。据说，"蜂之语"在日本非常受欢迎。

歪打正着，抑或心有灵犀？我宁愿相信后者！

神异的"诡"

在一个没有纪元的时代中，西南大荒野，有一种叫"诡"的动物比较奇怪，形状像兔子，却长着人一样的面孔，会说话。它常常骗人，嘴里说东，却指向西，说南，却指向北。

唐代李冗的《独异志》，引了《神异记》，做了上面这样简单的记载。

没有更多的文字，《神异记》本来就看不到了，鲁迅的《中国小说史略》只转引了数百字，还不知真假，只能是推测和想象了。

会说话的兔子，不奇怪。《山海经》中，类似这样长着人面孔会言语或者懂人语的怪兽，比比皆是。比如，大坏蛋穷奇，专门帮坏人，欺侮好人。

兔子不是猛兽，因此，它会给人以假象，个小、面善、能言，像狐狸一样的心思中，透着深深的狡猾。

如果光看形象，"诡"实在没有什么稀奇，它在百兽中，怎么看都不会显眼。可它也有独特之处：能骗人。

它的这种狡猾，就是以善良的假面孔出现的。言不由衷是它的最大特点，如果你要听它的，那就会吃亏，吃大亏，因为常常似是而非，让人无法辨别。

为什么会有这样的性格特点？我想，大概是"诡"的生存需要。

茫茫荒漠，四野无际。这里，生活着各种各样的野兽，和人类一样，弱肉强食，适者生存。当然，强和弱是相对的，并不完全以体形的大小显现，就如这个"诡"，它深深地知道，在这个世界上，要生存，要很好地生存下去，一定要学会适应，不仅要会找吃的，更要结交朋友，有朋友，大家才会互相帮助。又当然，它只找对自己有用的朋友，而且，要让朋友多多为自己所用。限于能力和体力，又要达到目的，那只好指东话西了。至少，眼前不会吃亏。

骗人的事是不能经常做的，经常做就成了习惯性骗子，名声会臭，"诡"，这只人面兔子，就这样载入了坏动物的史册。

宋国有人因为偶然的机会，在大树下得到过一只自杀的兔子，他就相信"诡"了，会给他带来好运，以后的日子里，他在大树底下一直等，一直等，还想待兔。

不仅如此，"诡"还成了汉语词汇的常用鼻祖。

《说文解字》释"诡"：责也。这应该是"诡"的本义，意思是责成，要求，是个主动词，主动发出指令。

这是不是说，"诡"，起初的时候，也有个好名声，它以正面形象出现，对不良社会风气，义正词严？

但此后，似乎所有的引申义，都指向了"诡"的本来性格。

最常用的，诡辩：无理强辩。都无理了，还一定要强辩，可见不是什么好东西。

禅宗公案中，有许多趣例最能体现这种诡论了。例如：

1. 我是他，但他不是我。

2. 看山不是山，见水不是水。

3. 我有一只小瓶，瓶内有只鹅，从小就养。请问，鹅越来越大了，瓶口却很小，又不想打破瓶，又不能杀死鹅，我怎么才能让鹅出瓶呢?

4. 当我说不是时,并不必然意味着否定;当我说是时,并不必然意味着肯定。面向东而看西方的沙,面向南而指点北方的星星。

5. 得就是失。

要回答这样的问题,确实很难。像1、2、4、5,基本都是哲学和逻辑问题,更有表层意义和深层意义,就如平常我们说的言外之意,因为汉语句子和内容的表面相悖,而形成深刻的哲理。得就是失,得到小头,因为不当得利,反而失去了大头,对佛家来说,功名粪土,富贵浮云,放下一切,失就是得。又如3,佛家的标准答案是这样的:和尚趁那人不注意时,叫了那人一声"某某",那人答应一声干什么,和尚说:鹅已经出来了。本来就是无解的答案,经过这样的诡辩,反而顺利解决了。

诡,从字体看,没有一点动物属性,成了说谎骗人的老祖宗,实在让人有点想不通。但是,将其拆开,诡,危言,就是由危言组成的。不管什么朝代,即便太平盛世,来点危言,也不见得是什么坏事。

陆机的"黄耳"

黄耳

黄耳是一只名狗，是西晋文豪陆机非常喜欢的一只狗。

南北朝时期的大数学家，就是那个将圆周率推算到七位小数的祖冲之，他还写有笔记《述异记》，这部作品里就有黄耳的小传奇。

陆机家是上海松江的豪门，陆机年轻的时候，也很有公子做派，喜欢游览射猎，后面跟着一群马仔，奔东驰西，感觉超好。有个门客见此，献给他一只跑得很快的狗，名字叫"黄耳"。不知是因为狗耳朵黄黄的，还是因为卖狗的主人姓黄，反正，这只跑得很快的狗就叫黄耳。

黄耳异常机灵，能听得懂人话，它的到来，使陆机的射猎活动成就感很强，每每收获不小，陆机离不开黄耳了。

陆机到洛阳做官的时候，黄耳也是随身不离，名气也越来越大。有一回，一朋友要借黄耳出去玩玩，一下子带到300公里远的地方，那朋友事情还没办完，黄耳不见了，朋友忐忑返回，黄耳早就在陆机身边悠闲自在了，陆机笑笑说，黄耳只用一天时间就返回了。

陆机在京城的公务很多，事务很忙。有一天，他忽然对黄耳嘀咕道：我们离开松江已经好长时间了，长久没有家里的信息，我很焦急，你不是很能干吗，你能不能带着我的书信回一趟松江的家中啊？黄耳一听，欢喜地摇着尾巴，叫着答应了。陆机就写了一封家信，用竹筒精细地密闭好，再将竹筒系在黄耳的脖子上。

黄耳沿着驿路（公家送公文的大路）一路飞跑。沿途风景秀丽，道路平坦，它心情很好，自信满满：我这是长途马拉松，我要圆满地完成主人交给我的任务。

饿了怎么办？小事难不倒它。晋代的生态非常好，路边的草丛中，有不少小动物，随便弄点就可以填饱肚子。碰到大河怎么办？你看看黄耳怎么搭便船的：跑到摆渡人的身边，对着他帖耳摇尾，这样可爱的狗，谁不喜欢呢？摆渡人想，这哪里来的狗呢，无主的吧，不过，遇见狗却是吉利事，有财运呢，带回家！摆渡人这么一想，黄耳就噌地跳上船了。船刚刚靠岸，还没有完全停稳，黄耳却纵身一跳，迅速跑掉，典型的渡船跑人。

路上的艰难险阻都难不倒它，它的嗅觉灵敏度是人的100万倍呢，黄耳信心十足，一直向着松江奔跑。

熟悉的陆宅就在前面，终于跑进了陆机家中。嘿，这不是黄耳吗？送信来了吧。陆家人打开竹筒，读到了陆机的家信。黄耳却对着陆家人叫唤，陆家人自然明白：是要我们写一封回信吗？黄耳和他们的交流非常顺利，因为陆家人都知道，它非常聪明。

思念的家信写完，重新装进竹筒，黄耳用更快的时间返回洛阳。

嗬，竹筒，这是个极好的快递信箱呢，风雨不怕，晃荡在黄耳的胸前，似乎是在提醒它，一种责任，一种义务，也给了它每天奔跑的动力。

松江到洛阳，人走一趟，至少50天，而黄耳来回只用了15天。

黄耳终究有老死的一天。黄耳去世后，陆机用衣服和棺木装殓了它，并派人将黄耳送回松江老家，埋在陆机所在村庄的南面，离陆机家只有200步远近，而且，他们将黄耳的坟也堆得很高很大，村里人都叫它"黄耳冢"。

黄耳，就这样成为代代流传的名狗，成了好狗的榜样。

通人性，对主人忠诚，像黄耳这样的狗，还是非常多的。

宋代王辟之的《渑水燕谈录》卷九中，也有一条能救人困的好狗。

杨光远在青州发动叛乱，全城封闭。有个姓孙的和他的一家人都被围着。时间一长，吃的东西接不上了，一家人都很焦急。这时，他们家的那条狗（我们暂且称它灵儿吧）也在边上，似乎也为他们着急。该孙问灵儿：你能替我们到我家田庄去取米吗？他家的田庄就在城西郊。灵儿摇尾呼应，表示听懂了。到了晚上，孙家就找了一个布袋，袋里装了一封信，将袋和信都绑在灵儿的背上。灵儿就从护城河的流水洞中穿出，跑回田庄，几声叫唤，庄里的人认得它，取出信一看，赶紧将米装好，灵儿一路小跑，在天亮前赶回城内。一连好几个月，灵儿就这样夜行夜归，出色地完成了任务。后来，杨光远被打败，城门打开的时候，孙家数十人，一点也没有饿着。灵儿死后，孙家人将它葬在他家田庄旁，还在墓边树了碑，碑上字为"灵犬志"。

但世间也有不少让人讨厌的狗。

唐代作家皇甫枚的笔记《三水小牍》中，就写了一条厉害无人性的小狼狗。

这是条相貌不怎么样，且短腿的小狼狗，叫青花。

看青花是怎样制造惨剧的。

裴至德家有个叫捧砚的小童，他母亲叫春红，父亲是养马人高瑶。捧砚一岁的时候，夏天，母亲给他洗完澡后，就放到走廊空地的凉床上，裸身躺着。

青花看见了，它鬼鬼祟祟，偷偷跑到捧砚身边，转了好几圈，突然，一口咬断捧砚的小鸡鸡，仰起脖子一口吃掉。母亲听到哭声赶来，捧砚下身的血，已经流得满床都是。幸好，至德家有治创伤良药，立即敷上，一百天以后，捧砚恢复得很不错。

第二年的夏天，捧砚睡在前房的窗子底下，青花瞅准了一个机会，又一口咬住了捧砚小鸡鸡根下的两个卵，没有任何犹豫，迅速咬下，迅速吃掉。而这个时候的小捧砚，痛得从床上掉到了地上，昏死过去。一阵紧急抢救，又用了上回的创伤药，捧砚仍然恢复得很好。

捧砚长大后，裴至德推荐他做了太监。

捧砚两次遭青花撕咬，虽然保住了性命，但永远失去了做男人的机会。皇甫没有交代青花为什么要咬捧砚，至德怎样处理青花。显然，捧砚长得白白嫩嫩，惹人爱，也自然惹狗爱，面对这样一个没有任何还手之力的小肉团，食肉狼狗青花怎么能不动心呢？捧砚的父母亲有很大的责任，没有照顾管理好，给青花留下了偷袭的空间。当然，裴至德也有不可推卸的责任。第一次事发后，就应该对青花有严厉的惩罚，这种惩罚必须使得青花再不敢犯罪，可惜没有。估计捧砚的父母只是他家的下人，生命没有这么尊贵，要是他儿子孙子被咬了，看他会怎么处理，不打死青花才怪呢。

所以，在皇甫的笔下，后面的情节这样的：光启丙午年，捧砚已经十来岁了，做起了太监，工作也算稳定；而裴至德有次公使外出，在郊外碰上了强盗，被杀。

皇甫于是评论道：唉，小屁孩捧砚，两次碰到灾难性的打击，一点事也没有；而裴大人出去一次就再也回不了家了。这是什么原因呢？

布衣我也不知什么原因呢。虽是事实，却已有暗含的褒贬在了。

同样，宋代王辟之的《渑水燕谈录》卷九中，还有一条非常会记恨的狗。

平原县的刘永锡，天圣末年，到千乘县做县长。有一天，刘县长和门生一起吃早餐，刘用馒头给他养的狗（我们暂且叫它仇丑好了，因为它是一条记仇狗）吃，门生就有点不乐意了：猪狗吃人吃的东西，古人都要讽刺的，何况您还用这么好的馒头喂狗呢。仇丑一听，立即不吃，瞪着大眼朝门生看了好一会，然后，掉头而跑，一连好几天都不见踪影。一天晚上，仇丑回来了，从门外将要进入家的时候，门生刚好看见，看着仇丑愤怒的表情，门生想，坏了，这狗今晚一定会来报复他，于是就将床上的被子铺好，铺得跟人睡在被子里一样，做完这一切，门生就爬到房梁上躲好。半夜里，仇丑悄悄摸进门生睡的屋子，一下冲到床上咬门生，马上，仇丑就感觉到咬的不是门生，大叫着跑出屋，在门外愤怒地摇着尾巴，一边用力甩尾，一边大声吼叫，没过一会，仇丑就倒地而气绝。

真不知道仇丑怎的这么生气，是为它自己生气，还是为它的同类生气？

黄耳、灵儿、青花、仇丑，虽是犬类，一善一恶，品性大不相同。

嘀，人也一样吧，熙熙攘攘，鱼龙混杂。

一鸟七命

画眉

一只温柔可人的小画眉，却使得七个普通人丧了命。

明代冯梦龙的《喻世明言》第二十六卷有"沈小官一鸟害七命"。案情曲折，波澜迭起。

第一条人命是这样没的。

大宋徽宗朝，宣和三年，杭州。富二代，十八岁的沈秀，不务正业，整天提着画眉玩，街坊都叫他"沈鸟儿"。"鸟儿"的鸟儿，本事极大，别的鸟都斗不过它，每日会赢很多钱，"沈鸟儿"视画眉性命一样。

这天早上，沈公子起得有些迟了，提着"性命"又去柳树林搞比赛，想赢钱。不想人都散尽，他独自玩了一回，无趣，正要离开，恰好小肠疝气发作，倒在柳树边，痛得昏死过去。事有凑巧，此时，住涌金门城脚下的箍桶匠张公，正担着家伙往柳林赶路，远远见一人跌倒，歇下担儿一看，人瘫着呢，旁边那画眉却叫得好听。箍桶匠穷极计来，这鸟不错，估计值几两银子吧，正欲提走，沈公子醒来，拖住张大骂。张一时恶向胆边生，顺手取出削桶的弯刀，只一下，沈公子的头就滚到一边了，张惊慌四望，连忙将头丢进一株空心柳树中。

箍桶匠一路慌张，行到武林门外，他知道湖墅路有家店的客人，喜欢鸟儿，不如卖他。这客人叫李吉，东京汴梁人，确实喜欢画眉，讨价还价，一两二钱买下了那沈公子的"性命"。

那边，沈公子到了晚上还不回家，这边，柳林里发生了无头案。沈家大恸，发出悬赏通告：有寻得公子头的，赏一千贯；有捉得真凶的，赏二千贯。临安府对案子也很重视：有寻得公子头的，赏五百贯；有捉得真凶的，赏一千贯。

杭城轰动，众人皆说无头案。

人命接着来了。

杭州南高峰脚下，住着一个叫黄老狗的老头，缺吃少穿，年轻时抬轿为生，老来双眼已瞎，只和两个儿子一起度日。大儿子叫大保，小儿子叫小保。

一天，黄老狗将两个儿子叫到眼前：大保，小保，我听人说，沈家财主在寻他儿子的头，我老了，眼又瞎，你们可以将我的头割下，埋在西湖水边，过个十数日，认不出谁来了，你们就提着头，去沈家和官府拿赏钱。我认为这是一条很好的计策，你们下手要早，不要等别人赶了先。

这大保小保是又狠又呆的主儿，当晚赊了酒，父子三人喝得大醉，大保摸了把厨刀，一下抹了他爹的脖子，趁着黑夜，将头拿去南屏山藕花居湖边浅水处埋了。

此计甚妙。

过了数日，大保小保依计到沈家报告：我二人昨日因捉鱼虾，在藕花居看见一颗人头，想必是您家儿子。

沈家赏钱，官府赏钱，大保小保回家置地造屋过好日子去了。

第三条人命着实是巧合。

沈家在京城有丝绸生意。一日，沈老板处理完事务后，就想逛一回京城，放松一下心情。七转八转就来到御用禽鸟房，这是替皇帝养鸟的地方啊，他一下想起了儿子，想起了儿子的画眉。

塞了几个钱，沈老板进了禽鸟房。那画眉叫得真好听，再仔细一看，咦，这不就是我儿子那只吗？沈爸爸大声叫屈：难道有这样的事？我儿子的画眉为什么会在这里呢？管理人员一了解，怕出事，连忙将沈爸爸送到大理寺。

皇家的东西，都是有来历的，大理寺很快就将进贡画眉的李吉拿下。

勘官：犯人李吉，你为什么在杭州将沈公子杀害，却将画眉拿来进贡？从实一一招来！

李吉：天大的冤枉！我在杭州有生意，碰见一个箍桶匠的担上有好画眉，便买下了。这只画眉太聪明了，不敢自养，因此进贡，并不知人命。

勘官：请问那个箍桶匠叫甚名谁？哪里人氏？

李吉：过路买的，我怎么知道啊！

勘官重在证据，这证据便是画眉，任李吉如何辩白，全无说服力，严刑拷打，只有屈打成招。

一路报上去，李吉自然是死刑，画眉又回到了沈爸爸的手中。

沈爸爸回杭州，向知府报告，凶手抓到，知府也很高兴，可以结案了，沈家就将儿子的棺木烧了，骨灰也撒了。

话分另一头。

其实，李吉当时在杭州买画眉，边上还有姓贺和姓朱两生意朋友。只是李吉案发时，贺、朱他们知道，如果这个时候出来作证，不仅冤申不了，自己反而受连累。他们决定，到杭州，一定要找到那个箍桶匠！

箍桶匠是个比较显眼的职业，走街串巷，很多人都知道，三下两下，那张公就被寻着了，贺、朱认得张，张却不认得贺、朱：我们有大件生意要你做，你在家等我们噢。贺、朱就跑到临安府，细说案由，到夜里，一干官差就将张绑了。

张箍桶匠死不认罪，办案人员用夹棍一吓，他就招了。在空柳树中寻得那沈公子的头，人赃俱获，铁证！

因此，这第四条人命，铁定就是凶手箍桶匠了。

知府不笨，问沈爸爸：既然你儿子的真头找着了，那两个领赏钱的，黄大保、黄小保，他们的头是哪里来的呢？立即追查！

因此，这第五条、第六条人命，当然就是为了领赏钱而杀害亲爸爸的大保和小保了。

南高峰脚下，策划大师黄老狗，静静地躺在浅土里，虽然没了头，虽然尸骸一副，却是要他儿子们命的有力物证。

大保小保死得很惨：贪财弑父，不分首犯次犯，全都凌迟，剐二百四十刀，尸分五段，枭首示众！

第三条人命，李吉确实死得冤。圣旨下了，那审理李吉的勘官，被严重追责，贬为普通老百姓，发往岭南劳动改造！李吉家还得到了国家赔偿：给予一千贯钱的抚恤金慰问，李吉的子孙，差役全免。

最后，第七条人命，是由第四条引发的。

张箍桶匠是元凶，当然也是重罪：谋财故意杀人，依律处斩，加罪凌迟，剐二百四十刀，分尸五段。

行刑那天，箍桶匠的老婆，到市上，想见张最后一面，谁知刽子手接到命令，已经在行动了，那碎剐的场面，惨绝人寰，张婆吓得魂不附体，转身便跑，不想脚下一绊，跌得重了，伤了五脏，到家便死了。

冯梦龙为什么要让张婆死啊?

当日箍桶匠回家时,将事情的缘由,一五一十告诉过老婆,老婆并没有报官,也没有责备,还欢天喜地一起快活,恶有恶报吧。

2014年11月8日,晚上七点半,杭州大剧院。那只画眉又活灵活现在舞台上鸣叫。那是林兆华导演的怪诞喜剧《一鸟六命》上演。

一张桌子,两把椅子,两根棍子,一棵假树,一面大鼓,三个假人头,一具假尸体,这就是一个简单的舞台。

民谣,摇滚,曲艺,一帮演员在快乐地混搭。

为何少了一命?最后那张婆没出现。为什么不出现?导演说,没有为什么,我们都是男演员,那张婆让她活着吧。

画眉依旧生活无忧无虑。

一鸟七命,画眉没有过失。它出众的能力,它嘹亮婉转的歌声,就如一面闪亮的镜子,照出贪婪人的嘴脸。

愤怒的河豚

河豚

元代陶宗仪《南村辍耕录》卷九，有两则关于河豚的记载。
在《食品有名》中，陶宗仪这样解释河豚：

> 水之咸淡相交处产河豚。河豚，鱼类也，无鳞颊，常怒
> 气满腹，形殊弗雅，然味极佳。煮治不精，则能杀人，所以东
> 坡先生在资善堂与人谈河豚之美云：据其味，真是消得一死。

这一段河豚的描述，已经具有相当的科学研究水准了：
它的生活环境，海中有，淡水中也有；
它的体型特征，是鱼，但没鳞和鳃，常常鼓着肚子，是一条难
看的鱼；
它的味道，极鲜美，美到吃死了都值得；
它的难点，如果处理得不好，会吃死人。
在《食物相反》中，陶作家又根据自己的见闻写道：

> 凡食河豚者，一日内不可服汤药，恐内有荆芥，盖与此
> 物大相反，亦恶乌头、附子之属。余在江阴时，亲见一儒者因
> 此丧命。其子尤不可食，能使人胀死，尝水浸试之，经宿，颗

大如芡实。世传中其毒者，亟饮秽物乃解，否则必亡。

这里传递的信息是，即便吃了经过处理的河豚，也不表明你没事了，还有一些禁忌，比如不能喝中药，食物会相克的。陶作家对河豚极好奇，通过自己的实验，证明了河豚的子能胀死人。另外，他还给出了中毒的解方：要喝脏的东西，比如粪水之类，这类东西喝下，能立即产生反应，呕了吐了，就好了。

综合起来说，河豚让人记忆深刻的有两点：一是美味，二是剧毒。毒在味中，味在毒里。

我最欣赏陶作家说河豚"常怒气满腹"，这是一种对河豚的文学描写，带有作家个人情感的形象表达。为什么要这样描写呢？

从外形上看河豚，它体形丑陋，浑圆，行动缓慢。而这样的体形，是它容易受到攻击的主要原因，就如海中的乌贼一样，它必须要保护自己。河豚保护自己的方法就是，它遇到危险时，会迅速将水或空气吸入极具弹性的胃中，短时间内，它的胃就会膨胀成数倍大，这么一个怪怪的巨无霸形象出现在对手面前时，对手当然不知究竟，只有退兵再说。河豚有几十种类型，有些河豚，身上长着刺，那么，膨胀的时候，身上那些刺也如刀一样护卫着它，即便比它大的对手也难以一下吞下它。

河豚这个气，应该就是它的护身符了。这难道不是愤怒的气吗？因为我受到了攻击，我愤怒了，别来惹我！

有趣闻这样说：河豚不幸被捕上岸时，会迅速吸气，并膨胀成圆鼓鼓的样子躺着，人们往往觉得它难看，不仅难看，还可恶，动也不动，死鱼一样，于是不由自主地用脚一踢，这一踢正中河豚下怀,它正等着外力来推动呢,于是,河豚顺势一滚,钻到河里去了。当然,趣闻的前提是,它要离河近。

这里的气救了河豚的性命。这难道不是怒气吗?凭什么抓我啊,我得罪你们了吗?不就是我味道鲜美吗,味道鲜美你们就要斩尽杀绝?

是的,就因为你鲜美,太鲜美了,你是水族之奇味,所以,吴人嗜河豚(宋代沈括、严有翼语)。

于是,大家拼死吃河豚。

不怕死的食客,自古以来,一向如此。人类在拼死吃河豚的过程中,积累了很多的技巧和智慧,尽管河豚你,因为季节的不同,因为环境的不同,毒性不一样,毒的部位也不一样,没事,我们敢吃你!

岔开去。拼死吃河豚,还是一种很强的象征。

历朝历代都对贪腐分子处以严刑峻法,但仍然屡禁不绝。

河豚就是贪腐对象需要的东西,各式各样,有物质的,有精神的,总之,都是十分的诱人。要得到这些不属于他的东西,需要付出大代价,要有拼死的准备,但因为东西实在诱人,所以有冒着生命危险的必要。

中毒而死的,毕竟是极少数。所以就有侥幸,侥幸救了很多人,也害了很多人。

现代科学发达,科学家将河豚的毒素提炼出来,可以戒毒,可以麻醉,可以镇静,可以治癌,用途多得很。

国际市场上,一克河豚毒素,价值17万美元,是黄金价格的一万倍!

怒气能转化成这么值钱的东西，也算物超所值了。

而那些被严处的拼死吃河豚的贪腐者，则成了各式各样的标本，虽没有河豚毒素那么值钱，也同样珍贵，多少能让人们警醒！

河豚很生气，河豚很愤怒，不是开玩笑的。

杨于度驯猴记

北宋作家景焕在他的笔记《野人闲话》中，为我们展现了一千多年前的猴戏表演，活灵活现。

后蜀国有一个猴子训练高手，叫杨于度，他训练猴子，当然是为了给他赚钱。

十几只猴子，大大小小，都能听得懂杨的指令。

选一个闹市区，摆好摊位，猴戏就开场了。

第一个节目，猴子扮官记。一只猴子，骑着小狗，一身打扮，就是个参军嘛，还前呼后拥，猴子骑在狗身上，有点耀武扬威，有点扬扬自得。跟在狗后面的猴子喽啰兵，不断举起臂，嘴里发出嚣叫声，告诫行人：让开让开，大官来了！

第二个节目，猴子赶马。一只猴子，戴着帽子，穿着靴子，俨然马夫打扮。它一挥鞭子，马就嘚嘚地、乖乖地往前行了。绕着场子，兜了一圈，又一圈。赶马猴，神气活现，中气颇足，行人哈哈大笑。

第三个节目，猴子扮醉鬼。一只猴子，假装喝醉了，躺倒地上，杨于度去扶它，头微起，倒下，再扶，头微起，又倒下。这猴实在"醉"得太厉害了，杨于度就对着猴子喊道：街史（街巷管理者）来了，它无动于衷，不起来；杨于度再喊：御史中丞来了，它不闻不问，还是不起来；这个时候，杨于度俯下身子，轻轻地对猴子说：侯侍中（猴长官）来了，"醉"猴一下子跳了起来。而且，它还表现出惊惶失措的样子。侯侍中，是谐音管猴子的官，还是姓侯的可怕的官员？不得而知，估计是讽刺姓侯的官员。

杨于度带着他的猴子表演团，天天给人们带来欢乐。

有一天，后蜀宫廷马圈中的一只猴子，挣断绳索跑到了殿阁之上，蜀主让人用箭射它，这猴子灵活得很，跳来跳去，全都射不中。三天了，都抓不住它。

有个太监向蜀主报告，街上有个杨于度，他训练猴子很有办法，也许他能捉得住这只顽猴。

杨于度接到命令，带着他的猴子表演团来了。一进宫殿，他的猴子们立即拱手站成一排，朝殿上参拜。那只猴子一看，哎，怎么来了这么多的伙伴啊，它也兴致勃勃地在房梁上看热闹。参拜完毕，杨于度大喊：小的们，将房梁上那只顽猴给我拿下，十几只猴立即蹿上房梁，一拥而上，七手八脚将那顽猴捉下。

蜀主太高兴了，嘿，这个杨于度还真有本事。立即赏了他不少衣物钱帛之类。组织部门见他这么有才干，还安排他在皇家歌舞团做事。

猴子可爱，可是，人们捕捉起来却凶狠无比。

五代作家王仁裕，他在笔记《玉堂闲话》里这样描写一种叫"狨"的猿猴被人残害的场景，惨绝人寰。

狨就是现在的金丝猴。

那些雄性狨，毛长一尺到一尺半，它们非常爱护自己的毛。它们知道自己的毛很值钱，上等狨毛像金子一样的颜色，达官贵人们喜欢用它暖座。

猎人射狖，大多用桑木条做成的弓，用檽树条做成的箭。雄狖一听到人声和狗声，立即四处逃散躲藏。雌狖知道自己的毛不值钱，它们便抱着孩子，跟在后面跑。

雄狖中箭后，往往会将箭拔出来，闻一闻，闻出有药味，就愤怒地将箭折断丢掉，然后攀着树爬到树顶。药物发作的时候，它开始全身抽搐，手脚全都抓不紧，要掉下来时，却死死地抓住树枝不放，这根抓不住，又去抓另一枝，一直要换几十次，这个过程中，它一直在呕吐，呻吟之声，和人痛苦的声音没有区别。每次嘴巴里有口水流出，就痛苦地松手去抹，于是掉到树腰上，再抓住另一根枝不放，在半空中挂半天，支撑不住，掉到地上。这时，人和狗就同时冲上去，一下子结果了狖的性命。

有时，猎人捉雄狖捉不到，就射雌狖。雌狖如果中了箭，就将怀里的小崽用力扔出去，扔出后的小崽，舍不得母亲，又跑回来，抱着母亲的身体哀叫，猎人趁机一并捕获大小狖。

南宋作家周密的笔记《齐东野语》里有《捕猿戒》，人的兽性同样暴露无遗。

邓艾打涪陵的时候，有一母猿抱着它的孩子，在树林间游荡，邓见此，一箭射中母猿。母亲受伤，猿子随即将母亲身上的箭用力拔出，并找来一种树叶子，将其伤口敷住。见此情景，邓艾一声叹息，并将弓扔到水中。

吉州有一捕猴者，将捕到的母猴杀死，剥下它的皮，并将猴子卖给龙泉一个姓萧的人家。卖猴人将母猴的皮展示给小猴看，意思是让小猴老实点，别乱跑。哪知，小猴见了母猴的皮，立即抱着，大哭、悲愤、号啕、跳跃、撞墙，直到哭死过去。萧氏子见其情景，还写了一篇《孝猴传》的文章。

武平一带素产金丝猴，大猴很难驯服，小猴则常常被母猴抱在怀里。捕猴人想出的办法是，在箭头涂上毒药，然后射杀母猴，母猴中箭后，知道自己活不久，就挤出乳汁遍洒在树叶间，好让它的孩子吃到奶，然后倒地而死。捕猴人随后剥掉母猴的皮，并用鞭子狠狠抽打，小猴见母猴被如此毒打，立即从树上跳下，束手就擒。

周作家举的三个小例子，都是人如何去制服猴的。

邓艾算是良心发现，丢掉弓，喻示以后他不会再伤害这样母子情深的动物了。

第二个卖猴人，用猴皮来吓小猴，结果，小猴随母伤心而死。

武平捕猴人，更残酷。也许他们抓到了小猴的软肋，小猴见不得母亲被如此蹂躏，一定会乖乖投降。

武平母猴临死前之举动，感天动地。

《南方周末》一篇写耍猴人的特稿中一个细节让人唏嘘：老耍猴人张志忠在接受一名田野调查学者的访问时说，他清楚地记得，有一次用榔头砸死一只猴子，第一次没砸死，猴子还站起来给人敬了一个礼，第二次才被砸死。

人的麻木和猴子的灵性，犹如生动的影片。

人类从猿进化而来，可是，人已经基本忘掉自己是怎么来的了。

雄金丝猴中毒箭后的痛苦表情，母金丝猴洒乳树叶间，就是一面面很好的镜子，人类应该羞愧。

猴大盗

元代陶宗仪《南村辍耕录》，卷二十三有《猴盗》，通过戏剧演员杜彦明的视角，讲了一个猴子大盗的故事。

杜演员从江西回韶州的途中，住在一旅馆内。他住店的时候，店里已经住进一位客人，该客衣着相当体面，锦绣衣裳，戴的帽子顶上还镶有宝玉，穿着双皮鞋。我们暂且称之为猴相公吧。

杜演员很好客，他也很好奇，这是一个什么样的客人呢？晚上吃饭的时候，杜就邀请猴相公一起，喝酒聊天。他想通过这种方式，了解一个人，也好交交朋友。当晚的饭桌上，两人自然谈得非常愉快。

第二天，猴相公也回请了杜演员。交朋友嘛，总是你来我往的。

杜演员于是到了猴相公的房间。只见他房间的柱子上，锁着一只小猴子，小猴子两眼注视着陌生人，看起来十分聪明。

吃饭喝酒的时候，猴相公将小猴子解下，小猴立即快乐地在他们身边跑来跳去。忽然，猴相公对小猴说了几句番语（古代西南少数民族的话），小猴子就捧着一只碟子过来，猴相公一见，立即骂它，小猴马上又去端着一只碗来。看来，小猴子是将碗理解成碟了，番语水平还不是最好。

杜演员看到这个场景，惊奇万分，问了缘由。

猴相公就给杜讲了小猴的故事：我有个婢女，生了小孩，刚刚满月，小孩就病死了。小猴呢，生下来也才十五天，母猴就被猎犬咬死了。小猴子没奶吃，整天哭着叫着，十分可怜，我就让婢女用她的奶喂它。小猴子养大了，它很听我的话，也听得懂番语。

唉，这真是一只苦命的猴子。

第三天，杜演员和猴相公告别。

杜来到了清州，该州的吴同知是他的朋友，热情地接待了杜。

杜、吴一行正在觥筹交错中，忽然下属有消息报来：有带着一只猴子的客人进城了。吴就和杜说：这人是个江洋大盗！他凡到人家家里，事先侦察好贵重物品，并计划好路线，到了晚上，就叫猴子去偷，他则在外面接应。我一定要将他的猴子夺过来，为民除害！

看来，吴是接到了上面的案情通报，这猴相公是个惯犯了！

第二天，猴相公来拜见吴同知（这大盗倒也从容）。吴热情款待，一番推杯换盏后，吴同知提出要求：您这只小猴子很可爱呢，能不能送我啊！猴相公自然不肯，要是别的什么东西也就算了，可是——这不断了他的财路了吗？坚决不肯！

吴同知到底是地方官，态度很强硬：您如果不送我的话，我马上让人砍了猴子的头！

事已至此，猴相公十分无奈，勉强答应将猴子送吴。吴呢，也慷慨地送了猴相公白金十两。

临别时，猴相公和小猴依依不舍。猴相公对着小猴子叽里咕噜地嘱咐了一通，在外人眼里，这是一场主人和宠物的别离。

这个分别场景，恰好被进来汇报工作的翻译官听到了。待猴相公走后，翻译官向吴同知报告说：刚刚他们在告别时，猴相公对他的猴子说，你如果不吃不喝，吴同知一定会解开你的绳子，你可以借机跑出来，我在城外十里的小寺庙里等你！

吴同知不相信，不可能吧，怎么会这么神！

到了晚上，他们给小猴子喂各类果子，还给它水喝，小猴子一概拒绝！吴同知急忙又派人去城外的小寺庙暗中观察，果然，那客人在。

各种消息一并传来，吴立即让人将小猴子锤杀！

这只小猴子确实命苦。

它练就一身的好武艺，能知人的行为，还懂番语，身手好，可惜没用到正道上，但这显然不是它的错。

它的主人是有心机的，他并没有什么特别的本领，只是善于借力罢了。他游走在法律的边缘，钻了法律的空子。

什么样的环境，造就什么样的品格。如果小猴子从事一些良好的职业，它一定会有很出色的表现。

小猴子被当成大盗而惨死，这告诉我们，跟着不同的人，就会有不同的人生结局。

吴同知也算不上高明，他只是打击了弱势群体，解决了表面问题，如果不抓猴相公，他一定还会去培养别的猴大盗！

寒号虫

元代陶宗仪《南村辍耕录》，卷十五有《寒号虫》，它是一只流传很广且知名度很高的笨鸟，只顾眼前不顾将来。

寒号虫生活在山西五台山，有四只脚。它有翅膀，却不能飞翔。它的粪便很值钱，人称"五灵脂"，是一味很好的中药。

盛夏的时候，它最漂亮了，全身的羽毛锦绣灿烂，因为它知道自己长得美，所以，一天到晚逛来逛去，到处炫耀：凤凰都不如我漂亮！

寒冬的时候，它却十分难看，美丽的羽毛全都脱落，全身光光的，如一只被拔光了毛的鸡，即便这样，它也心态很好：得过且过吧，明早太阳就出来了！

但是，悲惨的结局是，寒号虫敌不过强大的寒冬，最后冻死在石缝中树枝下乱草间，无论它藏身何处。因为它没有自己温暖的窝。

陶作家这样评论说：世上也有不少这样类型的人，功成名就的时候，志得意满，到处宣扬，以为天下我最优秀！等到被贬被抑，遭受困苦的时候，则又装出一副俯首帖耳、摇尾乞怜的窘状，唯恐别人不怜悯他。

于是，我们拿寒号虫启蒙教育孩子。孩子，咱们千万别做寒号虫那样的人啊！

是的，我们不做寒号虫，我们会未雨绸缪。

寒号虫为什么会沦落到得过且过的地步呢？

就是因为它故步自封，极度满足于自身那一点点可怜的优势。而它不知道，这种优势，只能维持较短的一段时间，春夏好过，秋冬难熬。它还不知道的是，即便你能保持全年的优势，但你能保持一辈子的优势吗？显然，它没有那么深刻的认知能力。

我们还会把寒号虫当成一种短视的代表。

短视的基本特征是，只顾眼前，只能看到眼前。眼前的满足，眼前的优势，足够让它心旷神怡，心花怒放。

孩子们通过想象，可以无限展示寒号虫的快乐。这只快乐的无忧无虑的鸟，曾经让森林中的许多鸟很羡慕。

但其实，寒号虫的快乐是建立在悲惨基础之上的。

这种悲惨自然会让人类惊觉。潭水澄澈，高木郁然，嘉草新花，但季节会更替，时光会转换，不会永远！

当然，寒号虫的满足现状，和我们倡导的活在当下，追求平静恬淡的生活，完全是两码事，前者是贪婪地享受当前，后者是领悟了真相，有意舍弃优裕，追求简单。

虎的祸害

元代陶宗仪《南村辍耕录》，卷二十二有一则《虎祸》。老虎的祸害，证明了一个亘古的定律：害人必害己。

大德年间。荆州南部。

一行九人，穿行在山中。不知道是在赶路呢，还是到山中采药什么的，总之，这九人目的性不是很强。

走着，走着。天下大雨。他们赶紧跑，恰好路边有一个小土山洞，九人一个接一个挤进洞中避雨。

这雨下得真大啊，好长时间也不停，天渐渐暗下来了。

突然，山洞外，走来一只大老虎。这只老虎，也许肚子饿了，对着里面的猎物，咆哮，怒吼，眼睛紧紧盯着洞口。

九人都吓坏了。

九人当中，有一个天生愚笨，我们暂且称他为阿愚吧。于是，另八个人就一起商量：这他妈的大老虎，它如果吃不到人，怎么会离开呢？我们不如骗阿愚，哄他先跑出去，我们八个人在后面，一起奋力把老虎捉牢。

八人就对阿愚说：阿愚啊，外面这老虎，讨厌得很，我们大家一起把它赶走！这样吧，你先出去，我们在后面一起冲出来，大家一起喊，老虎肯定跑掉了，好不好啊？

阿愚也有点怕老虎。这老虎是不是比狗凶狠呢？我也有点怕哎！让我想一想再说！

看来，阿愚不是太笨，他也知道有危险。

吼，吼，吼！外面的老虎继续紧逼。

八人在紧急之中又想出了一个办法：每人脱下一件衣服，将衣服绑成人的样子，用力丢出去。

老虎智力绝对正常，它见洞里飞出个布人，根本没当回事：小样，就这还想骗我呢！老子不发威，你们当我是病猫啊！

大虎更加愤怒！

突然，八个人一起联手，将阿愚推到洞口，再用力推出。

自然，阿愚被守在洞口的大虎一口咬住。

大虎一口咬着阿愚，仍然蹲守洞口，仍然很愤怒地盯着洞里面。

雨越下越大。突然，山洞压塌，八人都被压死。

老虎也被这突如其来的事故吓呆了，随即放了阿愚。

2012年12月10日，中国作家莫言在瑞典的诺贝尔文学奖颁奖典礼上，作了《讲故事的人》的演讲。演讲的结尾是这样一个故事：

有八个外出打工的泥瓦匠，为避一场暴风雨，躲进了一座破庙。外边的雷声一阵紧似一阵，一个个的火球，在庙门外滚来滚去，空中似乎还有吱吱的龙叫声。众人都胆战心惊，面如土色。有一个人说："我们八人中，必定有一个干过伤天害理的坏事，谁干过坏事，就自己走出庙接受惩罚吧，免得让好人受到牵连。"自然没有人愿意出去。又有人提议道："既然大家都不想出去，那我们就将自己的草帽往外抛吧，谁的草帽被刮出庙门，就说明谁干了坏事，那就请他出去接受惩罚。"

于是大家就将自己的草帽往庙门外抛，七个人的草帽被刮回了庙内，只有一个人的草帽被卷了出去。大家就催这个人出去受罚，他自然不愿出去，众人便将他抬起来扔出了庙门。故事的结局我估计大家都猜到了，那个人刚被扔出庙门，那座破庙便轰然坍塌。

莫言的故事，主题和上面陶作家老虎的故事基本一样，当大家都在患难时，一定要齐心避难，而不是让别人去受难而保全自己。

这样的故事，如果搜集一下，一定还有别的什么版本。莫言的故事，说不定就是因《虎祸》的故事演变而来。口耳相传，不断演绎，只要有需求，都可以因地因时因事而宜，即兴改编。

不论九个人，还是八个人，不论山中行人，还是泥瓦匠，不论土山洞，还是破庙，故事的结局都是一样的。

因此，土山洞，破庙，基本是一个隐喻，这个隐喻就是：如果有坏心，有坏的行为，大自然或上苍一定会惩罚！

因此，陶宗仪的《虎祸》，其实讲的就是人祸。

虎和鳄鱼的审判

南朝宋刘敬叔的《异苑》卷三有"畜虎理讼"的故事，让动物来做判官，闻所未闻。

扶南王范寻，养有五六只老虎，十条鳄鱼。干什么呢？他是用来审案件的。

每当有案件要审理的时候，有些案子是非曲直很清晰，那就判决了事。有些案件，一时问不出对错，又没有更多的证据来证明，那就让老虎和鳄鱼来判断吧。将嫌犯投入虎鱼池，如果虎鱼无动于衷，那么可以证明这个人是有理的，无罪的。

少数民族中，将老虎当作神来崇拜，这样的事是可能发生的。

在古人笔记中，虎有神灵，虎变人、人变虎的事，经常发生。李昉等的《太平广记》中，就有23个人虎化身的故事。

即便是现在，一些少数民族也有将虎当作神来崇拜的。在西南彝族的传统宗教观念里，虎是他们的祖先图腾，他们自认为是虎的后代。

基于这样的文化存在，范寻将疑难案件的审理转向虎和鳄鱼，求助于虎和鳄，也是求助于神灵。既然是神明，那就一定能辨是非，审曲直。

假如，有嫌犯事先在身上涂有一些令虎和鳄感觉害怕、讨厌的气味，那虎和鳄自然就远离他了。所以，可以肯定的是，不问法律问鬼神，一定会有许多的冤假错案。

明代谢肇淛的《五杂组》，写到了"獬豸"，这也是一种具有正义感的动物。

它名不见经传，也有叫它神羊的。说是皋陶审理案件时，如果不能判决，就让神羊用角去试，如果有罪，神羊就用角顶，没罪就不顶。后来，楚文王就佩戴饰有神羊图案的帽子，到了汉代，这一习俗还继续沿用。一直到明代还是这样。它主要象征执法的公正。

羊审判，虎审判，鳄审判，都是人们在寻求另一种司法公正。

拍马屁的老虎

常常会被义犬义牛烈马之类的故事所感动，感动之余还往往要感叹，人不如犬忠心啊。清代钮琇的笔记《觚剩续编》中，有一只会拍马屁的老虎，别有一番新意。

说的是山东莱州有个叫戈二的村民，依山而居。有一天，他到山冈上打柴，突然间，腥风乍起，眨眼工夫，跳出一只斑斓猛虎，戈二并不是武松，当然吓得屁滚尿流，倒在地上，心想这下死定了。奇怪的是，这老虎，只以唇含其颈，竟不啮噬，还很小心地衔着戈二的衣领，翻过两道岭子，将戈二放到一山沟沟中。这个沟中积有四五尺厚的落叶，老虎将树叶扒成一条槽状，把戈二放进去，仍然用叶子盖好，伪装得像先前一样，但它还是很不放心，坐在那儿观察良久才跑开。一直装死的戈二估计老虎跑远了，急忙从树叶中爬出，看到沟旁有一棵大树，立即奋力爬上，躲藏在高高的树枝中间。戈二一看腰间还别着捆柴用的绳子，马上又用绳将自己捆在树上。做好这一切，惊魂未定的戈二老远看见刚才那只老虎背着一只兽向这边走来，那兽身上也是遍体的斑纹，样子看上去像老虎，但又长着马的头，头上还有一只角。老虎背着那兽一步步走得很慢，俯下的身子像给皇帝坐辇车那样的小心，待走到藏戈二的地方，老虎将那大虫小心地放下，并扶它在边上坐好。这个时候，戈二看明白了，老虎是要将自己贡献给它背来的兽。只见老虎很兴奋地扒开藏戈二的叶沟，突然间不见了人，它立即惊慌战栗，在那兽面前屈足前跪。那兽却异常愤怒，并用角撞击老虎的头，毫不留情地离开，可怜老虎的脑袋被撞破，倒地死亡。戈二于是脱身。

我很好奇，是什么动物能让那凶猛的老虎熊成这样呢？查了一下《辞源》，发现在"驳"的名下有这样的解释：驳，传说中的猛兽，《尔雅·释兽》中说：驳如马，倨牙，食虎豹。原来如此，这个动物的本领比老虎强，老虎没有办法，只有拍它的马屁。

说它是一只善于拍马屁的老虎，我们还可以再回味一下几个经典的细节。一个是因为要拿戈二去当礼品，于是老虎非常小心地保全了戈二的肤骨，而不敢伤。因为它深深地知道，既然要拍马屁，就要让被拍的高兴，对方高兴了，拍马的目的才能达到；如果将戈二弄得皮开肉绽，被拍的就是吃了也不高兴。这样看来，这只老虎拍马屁可能已经不是一次两次了，因为它捉到了戈二马上就想到了拍马。第二个是它将那个被拍的对方接来时候的样子，俯身作辇车状，画沟为俎，处处小心，极尽谄状。这几个动作我们完全可以推断，这只拍马屁的老虎平时在那兽面前的日子是怎样的难过，尽管它可以对比它弱的盛气凌人，耀武扬威，甚至百般欺压。第三点是当它满腔热情地准备将自己的成果贡献出来并想得到赞赏时，而突然发现计划落空，又一慌一跪，谄态更显。这一招比比人类也是有过之而无不及啊——假若是人类，拍马不成，无非是希望落空，总不至于害了自己的性命吧，但老虎不同，它深知自己的力量不敌对方，只要对方一发怒，自己的小命就难保。

故事终究是故事，但这只善于拍马屁的老虎在马屁词典中确实算得上经典，尽管它因为拍马而送了性命。所以我宁愿将它看作真有其事。人间的马屁可以拍出各种各样的水平，老虎或者动物界为什么就不可以甚至超过呢?!

溺水的锦鸡

锦鸡

山鸡照影空自爱，孤鸾舞镜不作双。（黄庭坚《题画睡鸭》）

明代冯梦龙的《痴畜生》，这样写臭美害死自己的锦鸡：

> 锦鸡爱其毛羽，自照水，因而有溺死者。

爱其羽毛，犹如人爱自身。自己的东西，如果自己都不爱惜，那还指望谁来爱惜你呢？所以呢，做人做禽，都一定要自爱。

锦鸡知道自己的羽毛漂亮啊，锦嘛，锦缎，五彩缤纷，五彩祥云，人见人爱。可是，这么好的羽毛，总得要欣赏一下啊！湖水那么蔚蓝，是因为有天空蓝色的倒影，我那么漂亮的羽毛，在湖水中的影子那还不让鱼都害羞啊！

果真，锦鸡长长的尾巴，曳地而行。伫立在湖岸上，远远望去，那湖中的影子，真是美丽极了，就如一匹锦缎，平铺在湖面上，湖水一下子变得生动活泼。

于是，这只美丽的锦鸡，一有空，就会来湖边，自我欣赏，感觉好极，工作生活中，信心大增，做什么事都信心十足。终于，有一天晚上，明月当空，它仍然带着急切欣赏自己美丽倩影的心情，来到湖边。正在朦胧月光下沉浸陶醉时，一不小心，失足掉进湖中。

夜晚的湖水很深，很凉，这只自恋的锦鸡，因为不会游泳，在墨色的湖水中扑通扑通挣扎，咕噜咕噜，不停地灌水，最后，它沉入了湖底。

如果锦鸡会照镜子，那可能就是另外的结果。可惜，它不会用，即便现在有了镜子，它也照样不会用。

锦鸡死在自恋上。

因此，自爱有多种表现形式，锦鸡照水，只是一种而已。

人，不会像锦鸡那么笨，半夜三更还跑到湖边去照镜子。但是，人照样会做出锦鸡照水一样的事情，虽不至于送掉性命，但也足够让人自省。

比如，人照镜子，只是欣赏自己，不要让不好的形象展现给别人，女子都还要为"悦己者容"呢。有多少人，在照镜子的时候，想过自己肉身的里面，有那么多的不足和缺点呢？甚至远远不止这样的程度，龌龊，肮脏，卑鄙，非道德的病菌随时可以快速滋长。

比如，教育问题。从孩子一出生，许多人便陷入无穷无尽的烦恼中，如果单单是一般的烦恼，还能让人承受，问题是很多烦恼都变成了痛苦。这种痛苦，有许多是人自身造成的。现实生活中，有些孩子很不快乐，我们的家长，总是想让自己的孩子排名不断靠前，总是想着自己没有实现的梦想，让孩子替他们实现，他们往往很自信，自己的孩子有这样的能力。我们的学校也是这样，认为自己是百年名校，认为自己的学生足够优秀，可以打败一切。而我们看到的结果往往是：这里高考刚刚结束，那里考生便状如疯狂，他们在校园里跳跃，他们在酒吧里狂欢，他们将那些高考复习资料，统统丢进大火中，咬牙切齿，付之一炬，他们想让那不断蹿高的火焰，伴随着他们十几年的痛苦一并烧掉。那些孩子错了吗？那些复习资料错了吗？谁都没有错！这些孩子长成大人后，走向社会，又开始了新一轮的循环。

锦鸡的美丽，是本身具备的，人家拿不走偷不去，干吗要时时去记起它呢？忘掉美丽，可能会活得更轻松，更自在。

可惜，锦鸡毕竟不是哲学家，它不会思考得那么深。

鸠 考

公元前200多年的某天，战国四大公子之一——魏公子无忌，正认真地办公。

突然，有一只大鹯鸟，追着小鸠鸟进了公堂，鸠惊慌失措，一下子钻到无忌的办公桌底下。见小鸠藏了起来，大鹯也没有办法，只好逃离。魏公子最见不得以大欺小，立即派人捕捉大鹯鸟。众人出动，一下子就抓到一百多只，全都拘押在公堂下面，等待魏公子的审问。魏公子当着众鹯宣布：我只抓那追逐小鸠鸟的坏鹯，其他鸟们，不干你们的事！话一说完，就有一只大鹯，低头伏罪于地。无忌查明真相，立即让人扑杀，其他大鹯，全部放掉。

上面魏公子审鸟的场景，唐代李冗的笔记《独异志》卷中有载。我想，作家要表达的含义是，宽厚仁爱，连对待动物都这样，何况是人。

这个基本母版本，还有一个衍生品，情节也差不多，只是场景换了：无忌不是在办公而是在吃饭；罪犯的身份进一步明确：这是一只凶狠的大鹞；被害对象没变，还是可怜的小鸠鸟；罪犯同类被抓的数量从100余只变成300多只。

魏公子，无论是办公还是吃饭，都不影响他的形象塑造。

鸠，可爱的小鸟。

2014年的5月8日，我到了浙江淳安县一个叫鸠坑的地方看茶。又是鸠，它让我展开了丰富的想象。

数千年前，一群体形灵巧的鸠鸟，羽色鲜艳，拖着长长的尾羽，从遥远的南部热带地区向北飞翔，一直飞，一直飞，来到了古睦州。此地山水甚佳，鸠鸟们将食果种子吐出，落地生根，长出了一株株后人叫茶的灌木。此地后来叫鸠坑，是鸠鸟们聚集的地方。

从此，鸠鸟们在这里无忧无虑地生活着。而且，这群鸟中还产生了中国古典诗歌中最著名的那只鸠鸟：关关雎鸠，在河之洲，窈窕淑女，君子好逑。

这只鸠鸟，简直就是中国爱情诗的祖宗，是情圣。关关，它的叫声真好听啊，叫得正在水边采茶的青年男女春心荡漾。有一天，唐代茶学者陆羽先生，考察到此，茶树锦簇，翠拥云冈，见此情景，茶圣欣然在他的大著《茶经》中写道：睦州产茶于桐庐山谷中。而此后的唐代作家李肇，在笔记《唐国史补》中，更直接写出了他的饮茶感受：睦州之鸠坑极妙！极妙？妙到什么程度？他一定是被鸠坑茶醉倒过。

鸠鸟栖息在茶树丛中，会是一种什么样的景象呢？

说是楚汉纷争时，刘邦和项羽打得不可开交。有一天，刘邦因决策失误，打了败仗，被项追杀。刘狼狈万分，逃啊逃，忽见大片茶树灌木丛，他就迅速钻进。项将军追兵来时，见树丛上有一群鸠鸟在叫呢，关关，悠闲欢快，追兵理所当然地认为，鸠鸟们没受到惊吓，茶丛里一定没人。在鸠鸟的帮助下，刘邦就这样脱险。很感谢那些鸠鸟啊，刘当皇帝后，就在手杖的扶手处，刻上一只鸠鸟，用来帮助行走不便的老人。谁要拥有皇帝赐给的鸠杖，那就是尊贵的象征。

于是，鸠坑茶也像鸠杖一样，成了尊贵的符号。《唐国史补》记录当时的贡品茶有14个品类，其中"睦州鸠坑茶"被定为一品。《新唐书·地理志》也记载：贡茶之道，有江南道，湖州吴兴郡，睦州新定郡。连明代李时珍的《本草纲目》也详细记载"睦州之鸠坑"。

鸠坑茶，盛于唐，兴于宋，鼎盛于清，一直是贡品。

明朝大宰相、淳安里商人商辂，朝中为官数十年，只喝家乡鸠坑茶。

我们自然要去拜访商辂的故乡。

里商的一个临湖茶场，我们停脚喝茶。湖边的茶树在湖水的浸染下，正勃发生长。我对那沿茶垄间依次摆放的几十个蜂箱很感兴趣。蜂箱底部，有锯齿一样的小洞，金黄色的小蜜蜂，一会在茶叶丛中飞翔，一会返回蜂箱，不时地钻进钻出，嗡嗡声中，散发着浓浓的花香味，连空气都沾有些许甜的味道。我知道蜂们在酿蜜，因为它们的辛勤，连茶叶上也留下了香味。

里商的12000亩茶园，大都是这样的环境。我们艰难地爬到里山的茶山上，搭手眺望，茶丛苍郁，茶树生烟，只能感叹，大自然是如此的偏爱，千岛孕育玉叶，玉叶产自千岛。

去鸠坑，自然要去朝拜茶树王。奇峰，走泉，高山陡路将人转晕之后，我们终于见了"王"。"王"的主人徐秀祥，50多岁，草帽下一张黝黑的脸，笑眯眯地迎接我们：这棵茶王应该有800多年了，叶盖达到的范围，至少20平方米，这是中国已经发现的灌木类茶树中最大最老的一棵。它原来生长在峭壁上，喏，现在乡政府专门为它修了栈道，否则，你们只能远看了。今年采了五斤不到的鲜叶，只做了一斤三两新茶。

茶树王很安静，对我们的七嘴八舌充耳不闻。它大大咧咧，四肢朝天空懒散地伸着，正午的阳光下，叶片随着山风飒飒。它的身旁，清泉汩汩，主人说，这里的山泉四季不断。

鸠坑茶，已经成为茶树优良品种的一个符号，它是茶的母亲，它的子孙不断绵延。鸠坑茶的原种地在唐联村，但现在已经引种到浙江的许多名茶区，湖南、江苏、安徽、云南、湖北，都大面积栽培。不仅如此，它还远渡重洋，马里、几内亚、阿尔及利亚、日本、巴基斯坦、俄罗斯等国都有鸠坑茶的后代。

2003年，神舟五号上天，航天舱内就搭载着鸠坑茶籽。这是中国首个航天孕育的茶种。

鸠，还有很多好听好玩的故事，不一一考据。

鸠坑茶，不愧是一壶好茶。

鸠，确实是一只好鸟，难怪魏无忌会像待人一样这么保护它。

多情的孔雀

孔雀

名鸟孔雀以多情著称。这种性格，在未知孔雀的人眼里，新奇，在对它知之甚少的古代，尤为新奇。

北宋作家黄休复，四川人，那里没有孔雀，于是，他在《茅亭客话·寓孔雀书》中，详细记载了让他新奇的孔雀。

他写孔雀，是因为他的朋友内廷侍卫官（左侍禁）辛贶显送了他一只小孔雀。辛贶显，做过容州、宜州、廉州、白州等地的巡检。小孔雀的故乡在西南，和成都相距数千里，蜀人从来没有看到过孔雀，大家都非常喜欢。

辛巡检为了让他的老朋友更加清楚孔雀的习性，就给他写了一封很长的信，这封信就好比养孔雀的说明书呢。

信是这样写的：

在我所管辖的郡邑的大山中，生活着许多孔雀。雌孔雀短尾，雄孔雀长尾巨大且羽毛碧绿，光翠夺目。我和你说说这孔雀的特点吧，它们特别珍爱自己的尾巴，如果要栖息，一定要找个安放得下长尾的地方。南方人怎么捕捉孔雀呢？他们先张好网，然后等待，等待下雨。因为孔雀的长尾，一遇到下雨，就麻烦了，尾羽沾了雨，水分重，飞不起来。孔雀被抓后，起初还要挣扎，想展翅飞翔，结果呢，它又怕自己伤了长尾——因为它到死都要爱护自己那漂亮尾巴的，于是束手就擒。

孔雀这么看重长尾，是因为长尾漂亮。它自己认为漂亮，人类当然更认为漂亮了，它可是制造妇女首饰和扇子的好材料啊。于是，当地的老百姓就会将活孔雀的长尾割下来，卖上好的价格。怎么实施这个对孔雀来说相当残忍的行动呢？他们往往预先藏在丛林的深处，等孔雀毫无防备地经过时，突然抓住长尾，手起刀落，砍断孔雀的尾巴。如果一刀没断，孔雀一定会回过头来看，那是一种什么感觉？如人一样，五内俱焚，万箭穿心，孔雀闪亮金色的羽毛，顿时就会失去光泽，所以，当地人都知道，活活砍下的长尾最值钱了。

……为了使你阅读我的信不沉闷，再给你插一个有趣的故事吧。

南海地方有一个读书人，曾经养了一只孔雀。有一天，他的仆人急匆匆跑来告诉他：不得了，有一条蛇将孔雀盘住了，恐怕孔雀要遭毒手。读书人喝道：那你还不赶紧去救啊。过了一会，仆人跑回来，只是一个劲地笑。读书人骂仆人：你还笑，有什么好笑的啊！仆人慢悠悠回道：那蛇是在和孔雀交配呢，孔雀没有受到威胁，孔雀正享受快乐呢！

孔雀的性趣味有点特殊，也有点乱，它们不是有雌雄吗？为什么要找蛇，没有人能解释得清楚。

如果有人得到孔雀的蛋，让鸡给它孵化，一定会长出一只小孔雀来。小孔雀第一年会长绿色的羽毛，第二年会长出尾巴，长小火眼，第三年会长大火眼，尾巴也长成了。

看来，这个仆人是知道孔雀性事和生长规律的，他就是想和读书人开个玩笑，读书人只会死读书，连孔雀交配都不知道，他知道读书人一定读过唐代作家段成式的《酉阳杂俎》，那里面清清楚楚写着：孔雀，释氏书言孔雀因雷声而孕。哈哈，读书人只知道因雷声而孕，天上打个雷，孔雀就怀孕？显然不可能，没有内在的必然联系啊！孔雀其实是和蛇交配呢（当然是传说了，这个仆人也是瞎猜测）。

孔雀对生活环境相当挑剔。最好要有一间大房子，前面开个窗，东西向能有光互相映照，相透，屋中架一横梁，可供孔雀休息，因为它喜欢光亮，不睡在地上。每当天气晴朗的时候，孔雀就会将长尾展开，并回头自己欣赏，长时间地欣赏，人们叫它"朝尾"。

饲养孔雀倒不是很难，米谷豆麦它都要吃，但要让它经常喝水，它是水养的，不是说女人也是水养的吗？大概漂亮都离不开水。秋夏的时候，可以让仆人去田野中抓些蟋蟀啊之类的活虫，给它增加点营养。如果要养孔雀，最好是将它引到厅堂上，当着人的面，目的就是练习它在人前的胆量，让它不害怕。另外，还要注意它的身体保养，大热天的时候，它有时会患眼病，但也不要着急，可以用一根鹅毛，沾上少许生油，用新鲜的水洗洗就可以了。如果还不行，那就去抓些小鱼虾喂喂它，给它增加一些维生素含量。

要告诉你的是，咸的，酸的，一概不要喂它吃，如果吃了就没有精神，羽毛也没有亮色了。

费老大的劲养一只孔雀，当然，它会给你足够美丽的回报。孔雀看见妇女儿童身着漂亮的彩衣绶带，一定会追着去咬，它一边追一边想，比我漂亮，哼，就是不行；在一个百花盛开的美好场景里，它一听到琴声箫声，也一定会发挥它的舞蹈强项，展开翅膀和长尾，翩翩起舞——这是我最美丽、最自豪的了。那姿势，一定带着饱满的深深的感情。

这封信写得好长噢，但是，孔雀的多情也栩栩如生了。

孔雀成了一代名鸟，孔雀扇，就出现在朝廷重大的礼仪中。

就连孔雀那刺耳的啼鸣，最后也演变成乡愁的隐喻。

唐代名相李德裕被贬岭南，行进途中，他听到了孔雀的叫声，"不堪肠断思乡处，红槿花中越鸟啼"。越鸟就是孔雀。唉，官场险恶，如履薄冰，孔雀也深知我心哪。

一头有思想的鹿王

北宋刘斧的笔记《青琐高议·后集》卷之九，有《仁鹿记》，记叙了楚元王不杀仁鹿的故事。

这是一头巨鹿，一个智者，它拯救了一个族群，它是鹿中的思想大师。

在郁林，楚元王打了个大胜仗，一高兴，就计划在云梦泽围猎。这次打猎的场面，全军出动，声势浩大，官兵们也很兴奋。

拉网式追捕，越追越勇，万余头鹿就被围在山背上了。

楚王带头，继续追捕。

到了傍晚，这些鹿已经被整群包围进了一个大峡谷，四面都是悬崖峭壁，只有中间一条羊肠小道，曲折蜿蜒。

楚王仔细观察了地形，下命令说：今天已经晚了，我们派重兵将出口堵牢，明天再来，那么多的鹿，这是上天犒劳我的军队啊！

天亮后，楚王命令重兵开始追击，他自己则亲自拿着弓射杀。

这时，一头大鹿，突出重围，跑到楚王面前，叩头礼拜。它对楚王说：我是鹿王，因为您的围捕，我们没地方逃了，现在陷入绝境。我恳求大王您赦免我们，我有一番话，不知对不对，请大王您裁定。

楚王也吃了一惊，但马上就镇定下来，他倒要听听这头鹿王能说些什么。

你说吧，我听着呢。

鹿王说：我听说，古代的贤君，他们不将池塘里的鱼抓光，不将森林里的树木烧光，不将鸟巢里的蛋取光，他们不杀正在吃奶的小兽，因此，仁义道德才会传播，鸟兽才得以繁衍生息。我和你们，虽然不同类，但都是有生命的，生命同样珍贵。我如果每天送一头鹿给您，那么大王您的厨房就不会空了，我们休养生息，您也就天天都有鲜美的东西可以吃了。如果您今天将我们斩尽杀绝，我们都死了，大王您以后再也没鹿可吃了。孰利孰弊，请大王思考！

楚王听了鹿王的一席话，有理有据，入情入理，很受感动，于是将弓扔到地上，感慨地对鹿王说：你是王，我也是王，你爱你的臣民，我爱我的子民，道理是一样的，如果我伤了你们，就是伤了我的子民。

楚王于是下令：立即停止进攻鹿群！有敢杀鹿的，和杀人同罪！

楚王还和鹿王说：回去告诉你的臣民，你们出山吧，我将看着你们出山谷。

鹿王叩谢再三而去，楚王爬上山顶，看着鹿群撤退。

只见鹿王跑进鹿群，大声命令撤退，命令声里饱含着感激之情。

鹿王在前面带路，后面一只接一只跟上。呦呦和鸣，极其壮观而温情。

楚王接受了鹿王深刻的思想教育后，带着部队返还。

故事还在继续。

不久，楚王又带着军队打吴国。这虽是一场失败的战争，却结下仇恨。稍过一阵，吴王也带着军队来攻打楚国，来势汹汹，楚王抵挡不住，只好退避城里，做缩头乌龟状。他想，能拖几日就几日，拖死吴兵。

当时吴楚两方的实际情形是，楚兵经常打仗，已经非常疲劳，而吴兵却是有备而来，士气正旺。楚王一想到这些，晚上觉也睡不好。

有一天晚上，吴军正从包围圈返回营地，突然发现，万马奔驰，他们以为邻国的救兵来了，急忙撤退而去。

第二天，楚王一行来到吴营旧地，发现有许多鹿的蹄印子，绕了吴营好多圈。他一时不太明白，吴兵为什么会莫名其妙撤退？这时，那头鹿王突然来到楚王面前说：大王啊，今天是我们报恩的日子。昨晚，趁着月黑风大，我带着我的臣民，绕到吴营外。他们一定以为是救兵来了，于是急急忙忙跑掉。

楚王这才弄明白，原来是鹿王救了他们。

于是，楚王也向鹿王拱手致谢：现在我想要谢谢你们，你们想要什么东西吗？

鹿王说：我们是鹿，吃的是野草，喝的是溪水，用不着其他物质。但是，我还有一些道理想和大王您说。

鹿王于是很诚恳地劝谏道：我们楚国地势辽阔，含九泽，包四湖，背山靠水，鱼虾满湖，果栗满山，物产丰饶，天下再没有像我们国家这么好的自然条件了。如果能善修仁德，体贴百姓，您的王位就会很稳固。吴王他如果不修仁义，欺压百姓，您带着军队去讨伐，那里的百姓一定会打开城门迎接您的，这就是不战而胜，凭的是道义。大王您不修仁德，而去侵略别国，这次吴国打我们，就是因为你先前曾去打他们，这是没有道理的。您若爱百姓而行仁义，那样您的王位就永世巩固，这不是非常好的事情吗？

楚王听到此，如醍醐灌顶：鹿王啊，你说得真是太好了！我要为你立庙，表彰你的功绩。

于是，这里的山叫仁鹿山，这里的谷叫仁鹿谷，这里的庙叫仁鹿庙。

仁，其实不分人兽。

思想大师鹿王，我们人类永远的老师。

勇敢的鹿

因为鹿的温顺而机灵，我一向比较喜欢它们，即使是非洲来的庞然大物，我仍然很喜欢。

在刘基《郁离子·贿亡》中，有种像鹿一样的雄麝，它以大局为重的前瞻性让我赞赏不已。说是东南地方的荆山有麝这种动物，雄麝身上的肚脐和生殖器之间有麝香腺，所分泌出的麝香是极名贵的药物和香料。有一天，一荆人狠命追一头雄麝，眼看就要追到了，那麝一急，狠心挖出自己的麝香腺，把它丢在草丛中，猎人急忙去捡，雄麝于是得以逃生。

麝香有多值钱？它应该是动植物香料中香味最浓烈的。有人这么形容：在手帕上滴一滴，可以留香40年！

于是，这头雄麝就很值得一说了。

人或者动物，什么东西最重要？其实很多人平时都不太知道，只是临到事时，猛然醒悟，可是有时迟了。动物呢，肯定很多都不知道最重要的东西是什么，它们一定会为了眼前的利益而奋不顾身。但这头雄麝很聪明，它清楚地知道自己的生命最重要，如果没有生命，其他什么都是空的。更聪明的是，它清楚地知道它身上的那个叫麝香的东西，是它最重要生命中的最危险的东西，因为贪婪的人类整天都在找它。而对它来说，这个对人来说很重要的东西，

93

是可以割舍的，因为是身外之物。既是身外之物，那一定可以丢掉，否则，它会让自己送命。正是它有了这么清醒的认识，并时时警醒自己，所以每每能化险为夷。尽管挖那个东西时很疼，但它顾不了那么多，它毫不犹豫。

从生理角度来说，我还有个担忧。这头雄麝这一次救了自己，它那个值钱的东西是不是还会生长？如果不会生长，那失去了麝香腺的麝，会有明显的特征吗？如果会很快地继续生长，那就没有问题，下次倒霉再被追时，照样炮制就行了；如果永远都不会生长，而又没有什么明显的标记，那么下一次倒霉的时候，很有可能要送命，因为那些猎人是不管这些的，打倒了再说。

朱元璋做皇帝的时候，用来制贿的方法是很吓人的，贪贿一点点钱也会被抽筋剥皮。即便是这样的严刑峻法，也仍然不断有人贪贿。更搞笑的是，他辛苦创立的王朝却被那个猪脑子子孙朱由检搞倒闭。军情紧急，吴三桂的父亲向崇祯皇帝要100万两军费，可当时国库空虚，小朱又舍不得自掏腰包，于是就发动大臣捐款，可大臣们也精得很，跟着他哭穷，最终的结果是把战机给耽误了。最让人吁叹的是，明亡后，皇宫里竟然发现朱由检的私产达3700万两！

这个崇祯皇帝，绝对不如那只被荆人穷追的雄麝，十分之一也不如。

还有像鹿一样的麋。《麋虎》中，这只麋也很了不得，宁为玉碎，不过，它死得很壮烈，重于泰山。那只被它搞死的大老虎死得轻于鸿毛。

有老虎在追麋。我们想象一下，这是一只大老虎在追一头小麋鹿，小麋鹿因为平时忧患意识比较强，有自己的思想，再加上从小自立，还加上不断地锻炼身体，因此小小年纪，就很能干，很会独立处理问题，尤其擅长应急处理。但这一回，他无论如何也跑不掉，因为追它的是只身强力壮的大老虎。这只大老虎呢？和小麋鹿刚刚相反，它依仗自己家庭出身优越，从小横行霸道，见谁欺谁，想吃谁就吃谁。这不，今天，它就要将这头小麋鹿当作美餐了！

事已至此，小麋鹿再健跑，也跑不过大老虎。前面就是悬崖了，怎么办？怎么办？怎么办？三个怎么办后，小麋鹿内心已经决定：绝不能让它吃掉。一想起自己被吃的血淋淋的场景，一想起老虎扬扬得意的神态，它就气不过，绝不能再让它去害其他同伴了，冲下悬崖，说不定还有一线生机！大不了和它同归于尽！于是，小麋鹿冲着悬崖一跃而下。那大老虎穷追不舍，心有不甘，你这小家伙，跑什么跑，还跑这么快，这么急，看我待会怎么收拾你！想着美味，追着目标，它什么也不顾，追着小麋鹿的影子直冲悬崖。

可以设想的是，那大老虎完全可以不死，因为它进退是自如的。这只小麋鹿，它都冲下悬崖了，干吗跟着冲下去啊？冲下去难道还有命吗？世界上的麋鹿多的是，世界上不光有麋鹿，还有其他各种各样美味的、可以吃的东西，算了算了，不追了，不追了。可惜的是，老虎不是麋鹿！

小麋鹿其实是为民除害，这只大老虎，不追它的话，下次一定还要去追其他同伴的，索性让它跟着死吧！是它自己寻死，不是我逼它，是它逼我！

贪，而且暴，大老虎是前车之鉴。雄麝为什么会脱身？大老虎为什么会中小麋鹿的计，这都是我们人要仔细思考的。

"雷"是个什么怪物？

《山海经·海内东经》中，有一只怪物叫"雷神"：

> 雷泽中有雷神，龙身而人头，鼓其腹。在吴西。

龙一样的身体，人一样的脑袋，只要敲击自己的肚皮，便会发出雷声。

这是人们对"雷"的初次描写。

从环境看，这只雷，生活在吴地西边的雷泽中，那么，雷应该是水神。雷的确就是水神，不是水神的话，怎么会带来大雨呢？只是，大雨前，它会弄出不小的动静来，这是在告诫人们，是我给你们带来丰沛的雨水，你们要感谢我，你们要敬我，不要惹我。

《山海经·大荒东经》里，那只叫"夔"的怪物也挺厉害。

遥远的东海中，有一座流波山，距离海岸线有七千里。山上有一种动物，形状像牛，苍色的身体，没有角，只有一条腿。它从水中出入时，一定是伴着风雨的；它放射的光芒，像日月那样明亮；它发出的声音，像雷一样巨大。

如此说来，雷和夔，都是力量的象征。

但，它们在黄帝面前，都是小动物。黄帝将它们捉来后，用夔的皮蒙鼓，用雷的骨头做槌子。这样的鼓做成了，黄帝一擂，发出的声音可传到五百里外，天下都被震慑。

黄帝和雷是有缘分的。他娶的正妻就叫雷祖。

《山海经·海内经》这样记述黄帝的家事：

流沙的东边，黑水的西边，有两个国家，朝云国和司彘国。黄帝的妻子雷祖，生下了昌意。昌意后来犯了错，被放逐到了若水。在这儿，昌意成家立业，生下了韩流。这韩流，长得实在不怎么样，怎么形容他呢？长长的头，小小的耳朵，人一样的脸，猪一样的嘴，麒麟一样的身子，罗圈腿，猪一样的脚。韩流长大后，娶了蜀山氏的女子，叫阿女。这阿女了不得，生下了颛顼帝。

啊呀，我一下子就对那不三不四的韩流尊敬起来了——这颛顼，可是我们陆姓的祖宗噢。我读司马迁《史记·五帝本纪》得知，黄帝共有四个老婆，生了25个儿子，分出12个姓。雷祖也叫嫘祖，西陵氏之女，是黄帝的正妃，确实能干。她不仅使黄帝的事业后继有人，还是个科学家，养蚕治丝，就是她发明的。她的发明，使人类的生活有了质的提高。因为是正妃，所以，昌意就继承了黄帝的本姓"姬"，后来，这个正宗的本姓分衍出198个氏，陆氏就这么来了。

司马迁说，颛顼名叫高阳，是昌意的儿子，黄帝的孙子。他没有写到那个像猪一样的韩流。嗬，不管这么多了，反正都属黄帝子孙就是了。

人类进入文明社会后，对"雷"的存在，仍然充满想象。

唐代李肇的笔记《唐国史补》卷下，有如此记载：

或曰：雷州春夏多雷，无日无之。雷公秋冬则伏地中，人取而食之，其状类彘。又云，与黄鱼同食者，人皆震死。

这个想象相当有趣。雷州，春夏季节，每天都要打雷的，所以叫雷州啊。这雷呢，秋冬没有，去哪里了？哈哈，躲在地里面呢。人们还从地里面，挖到了雷，形状有点像猪，味道相当不错。但是，特别告诫人们，鱼肉和猪肉不能同食，否则要遭雷劈。至于为什么不能同食，没有人说得清。

说雷像猪，不仅仅是李肇一个人这样写。宋代李昉等的《太平广记》就引用两位唐代作家写的雷：状类熊猪，毛角，肉翼青色（《传奇》）；身二丈余，黑色，面如猪首，角五六尺，肉翅丈余，豹尾。又有半服绛裈，豹皮缠腰，手足两爪皆金色。执赤蛇，足踏之，瞪目欲食。其声如雷（《录异记》）。

不过，在《录异记》里出现的雷，样子还是挺帅气的：有角，有翅膀，有强有力的尾巴，穿着深红色的裤子，腰里系着豹皮带，手脚都是金色，样子有点像孙猴子呢，只不过雷手上挥舞着的红色蛇有点吓人，不如金箍棒亲切。

这样的雷，除了声音响亮以外，战斗力也是很强的。

《太平广记》引《广异记》中就记载了一场雷和鲸的战斗。

唐朝开元末年（约公元741年），雷州外的水面上空，有一只雷，翻上翻下，它对着巨大的鲸鱼，或向海面发射火力，或用力发声震击，战斗一直持续了七天，海边上观看的人群，每天都人山人海，也不知道谁获得了最后的胜利，只见远处海水红红的一片。

从战斗场面分析，雷和鲸鱼，是一场势均力敌的恶斗，谁也战胜不了谁。雷的优势在天上，虽然它也是水神，但面对海上霸王鲸鱼，它无能为力，有劲使不上；而鲸鱼却自在得很，你射火，我潜入，你声震，我潜入，你奈何不得我，气死你！

其实，雷大可不必与鲸这么斗狠，鲸也没犯什么错，只是为了显示力量吗？

你应该是正义的化身呢！

北宋作家徐铉的《稽神录》卷一有《茅山牛》就显示了雷的正义：

庚寅年间，茅山村中有个人在放牛。天气晴好，放牛倌将所穿的汗衫洗好，晒在草上，自己在一旁舒服地枕着臂睡觉。等他醒来的时候，汗衫不见了。只有边上一个邻居家的小孩子在，他认为，一定是小孩偷了汗衫。他就对着孩子大喊大叫。

孩子的父亲听到情况，急忙赶来。问了缘由，非常愤怒：生儿做小偷，我还要生你干什么！就将小孩举起，用力地丢到水中。幸亏小孩识得一点水性，慢慢从水中爬上来，对着他父亲说冤枉啊冤枉。父亲还是很愤怒，又要将小孩举起丢进水中。

突然，乌云密布，天雷暴至，轰轰轰，将牛给震死了。

一个意想不到的结果是，那件汗衫居然从牛的口中吐出。

雷做了一件大好事，否则，一个冤案即将发生。

对于放牛人和小孩的家长来说，都应该三思：放牛人在情况没有弄清之前，不要乱猜测，瞎指责；家长也不要见风就是雨，没有调查清楚，乱下决定！孩子的品德教育的确很重要，但是，得讲究方法，否则，"雷"都看不下去了。

劳模驴

唐代段成式《酉阳杂俎》续集卷八有"运粮驴"：

> 西域厌达国，有寺户，发数头驴运粮上山，无人驱逐，
> 自能往返，寅发午至，不差晷刻。

段作家描写的是一个典型例子而已。也许要在山上扩建一个更大的场所，山上有许多工人在工作，要吃饭呢，就派驴子运吧。人手本来就紧张，将粮装好，数十头驴，第一回，有人牵着它们，往目的地方向来回一趟，这就足够了。第二回开始，牛就不用人指挥，它们自己就能往返，凌晨三点多出发，中午十一点多就能打来回了，时间一点都不差。

驴似乎一生下来，就只知道劳作，是动物中的劳动模范。典籍上记载，这驴还是外国进口的，因此是来自外国的劳动模范。

要出色地完成劳作，成为人类的好帮手，也不是这么简单的。即便是人，也不都是合格的劳动者。

首先，它要有足够的体力。这些粮食，一袋最少有五十斤，有的还不止，为了稳当，往往会是左右两边平衡地装，甚至会更多。我们这座城市，有回修缮一个景区，要将那些条石搬到山上去，用

的就是驴子，条石起码有几百斤重，那些驴子很顽强，踏着石阶，一步一步往上爬，速度还不慢。某天，我从绍兴夏履的叶家山顶村下山，竹林道中，正上来一队驴，八头，每头驴背两边驮着重重的细沙，赶驴人说，每袋重两百斤，运上去，沙子卖三角钱一斤，每趟来回需要一个多小时，每天要运八趟。

其次，它不会偷懒。这么来回一天，八个小时，那驮着重量的时间至少在一半以上，也许回程没东西，它会跑得快些。可以想见的是，它上山，一直在山道上走，这样的山道还是崎岖不平的，而且是陡坡，根本不可能歇下来，也无法歇下来，它也不知道歇下来，它只知道从开始出发，一直将粮食运到目的地。不过，我下山时有过观察，那些驴，还是有点聪明的，它们已经学会在台阶上走斜线，上山过程中有一个缓冲，显然可以舒缓一下体力。

再次，它不会贪污截留。这也是人类信任它们很重要的一点。如果是条石什么的，无法吃，也不用担心。但是，粮食不一样，它也要吃粮食啊，粮食是必需品，人人都需要的。如果改用人运，中间没有人押送，保不定人会不断地歇脚，不断地牢骚，继而截留，甚至卷走逃跑都有可能。

但驴不会，它对生活要求极低，一把粗草，喂饱肚子就可以，也极少生病，和骆驼一样，耐干旱。它的思想也很简单，它忠于人类，让它做什么就做什么，要它怎么样就怎么样，毫无怨言。

我看阿凡提的故事，总是被他的幽默形象所吸引。蓄着山羊胡，鹰钩鼻，小圆眼睛，戴着小帽，手上还拿着个弹拨乐器，是不是冬不拉不知道。最点睛的是，阿凡提，倒骑着小毛驴，嘚嘚嘚，每天都是快乐无比。他骑着那头小毛驴，总是去做正义的事，疾恶如仇，哪里有不平，哪里有坏人，哪里就有阿凡提。他总是将坏人治得服服帖帖，他总是将不平处理得皆大欢喜。阿凡提将快乐带给人们，驮着他的小毛驴，功劳也不小呢，没有小毛驴的任劳任怨，阿凡提也成不了阿凡提。

但是，现代汉语里，与驴有关的词语，驴打滚，驴肝肺，驴脸，大多是贬义的，我真不知道是怎么回事，到底是谁最早将这些恶意加在驴身上的呢？

当然，很容易想到柳宗元，他的《黔之驴》太有名了，是不是他将驴的名声率先搞坏的呢？

贵州山区本来就没有驴，那个好事者将驴用船运进去了。这个好事者又不好好地使用它。前面说过，驴可是宝贝，它什么都能干，可是，好事者偏偏不用，还将它放在山下。无所事事的驴，整天闲得慌，看见老虎也不怕。这老虎是什么啊，咱不怕，咱个大啊，力气大啊，不用怕它的。高兴的时候，还大叫一声，练练嗓子嘛，也吓吓那胆小的老虎。

可悲的是，正因为驴的单纯，基本没有和其他动物斗争的经验，所以，它被那只长时间观察它的老虎看出了原形，那老虎三下两下就将驴给解决掉了，就如吃那个驴肉火烧一样，吃了还想吃。

其实，柳大作家，本也无意将驴描写成这样。他数年内连遭贬黜，人生一连串的不得意，什么原因呢，还不就是朝中那些当权者，肆无忌惮地滥用权力。他用作家的眼光观察，那些当权者，虽然现在强势，却也如同那驴一样，外表强大，终究会被正义和历史审判的。

只好委屈贵州山区那头驴了，贵州驴啊，你就做一回当权者的替身吧。

柳大作家没想到的是，这贵州驴，一直将黑锅背到了现在，一千多年过去了，驴的形象仍然没有得到平反昭雪，还是那盲目自大、愚不可及的典型。

　　辛勤劳作的驴们，以及驴的子子孙孙，真是冤枉死了。

两只名鸟的身世调查

乌鸦和喜鹊同属鸦科，但一直来境遇迥然。钻牛角尖的陆先生某一天忽发奇想要追个究竟，遂有以下这份调查。

1. 痕迹调查

从现存资料看，两鸟如何形成目前之境遇尚缺乏足够证明，但陆先生认为，"鹊"有"喜"之光环要早于"鸦"被"乌"之恶名。

第一，《诗经》中有"鹊巢鸠占"的成语出处，这鸠虽非鸦，但足以说明鹊巢是个好东西，否则鸠占它干什么。

第二，从民间流传极广的"鹊桥"（七月七牛郎织女相会，鹊衔接成桥）的说法可以看出，那"鹊"似乎老早就以正面形象出现了。

第三，宋之问的《发端州初入西江》中有"破颜看鹊喜，拭泪听猿啼"；王仁裕《开元天宝遗事·灵鹊报喜》也描写了当时的场景："时人之家闻鹊声者，皆为喜兆，故谓灵鹊报喜"。如此说来，鹊之受宠在唐宋间已十分地被人认同。在这种理念的支持下，于是就给鹊涂上了一系列的光环：说人有好名声叫"声誉鹊起"；连文人骚客常用的词牌也有冠以"鹊"字的：鹊桥仙，鹊踏枝。

段成式的《酉阳杂俎·前集卷一·忠志》里，就有人将白鹊的出现当祥瑞的：

贞观中，忽有白鹊构巢于寝殿前槐树上，其巢合欢，如腰鼓，左右拜舞称贺。上曰：我尝笑隋炀帝好祥瑞，瑞在得贤，此何足贺？乃命毁其巢，鹊放于野外。

显然，唐太宗是个明白人，他不会因为白鹊来他房前筑个窝，就认为是大好事，弄得兴师动众，这算什么啊，精心治理国家，国富才能民强，但是，白鹊来了，毕竟不是坏事，至少心情可以好啊！

第四，“鸦”字虽加“乌”，但关于它的记载实在是少而又少。

《山海经·大荒西经》第十六：有玄丹之山。有五色之鸟，人面有发。爰有青鴍、黄鷔、青鸟、黄鸟，其所集者其国亡。

考据家认为，玄丹山上的这些鸟，就是乌鸦。

这就给这种五彩缤纷的鸟，罩上了一个很不好的罪名：它在哪个国家聚集，哪个国家就会灭亡。其实，这些鸟还是很可爱的，它们生活在玄丹山上，长着人一样的脸，头上还有头发。

《杂宝藏经》中，那只狡猾的乌鸦，害了一群的猫头鹰。

一群乌鸦和一群猫头鹰结了仇，乌鸦白天攻击猫头鹰，猫头鹰则在夜里攻击乌鸦，双方水火不相容。这时，一只乌鸦出了个主意：你们一起啄我，拔去我的毛，弄破我的头，我去猫头鹰那里当卧底。这只乌鸦跑到猫头鹰那里控诉：我的同伴欺侮我，要害我性命，我来投靠你们。猫头鹰们很高兴地收留了它。等乌鸦身上羽毛全长满时，它开始实施自己的计划：衔来很多树枝做窝，借口说是为了让窝更暖和，猫头鹰们一点都不怀疑。一个雪天，猫头鹰都在窝里取暖，乌鸦一把火，猫头鹰全烧死了。

这是个佛教故事，教育人们不要轻信别人。但是，乌鸦的恶也彰显无遗了。

段成式《酉阳杂俎·前集卷十六·羽篇》这样说乌鸦：

> 乌鸣地上无好声。人临行，乌鸣而前引，多喜，此旧占所不载。贞元十四年，郑、汴二州群乌飞入田绪、李纳境内，衔木为城，高至二三尺，方十余里，纳、绪恶而命焚之，信宿如旧，乌口皆流血。

其实，民间还是有说法，乌鸦在人前出现是好兆头，但一般人都不喜欢。在城市管理者田绪和李纳看来，郑州汴州，乌鸦大规模地聚集和筑城，显然不是好事，一定要捣毁。尽管乌鸦们第二天再筑城，还是要统统烧掉！

白居易《东南行一百韵》云"绣面谁家婢，鸦头几岁奴"，"鸦头"即"丫头"，为何要写成"乌鸦"之"鸦"，大约也是因为"丫头"地位低贱之故，仅此而已。至于后来那英国人弄进来的毒品叫"鸦片"，则更使"鸦"雪上加霜。

到曲阜，导游一再介绍孔府、孔庙、孔林的奇特。三孔里，除了孔桧，还有就是乌鸦。一是孔庙内有乌鸦，但是从来没有邪恶什么的；二是孔林里有各类鸟，就是没有乌鸦。我知道导游想表达的意思，圣人嘛，连乌鸦也尊重他，"三千鸦兵救孔子"的故事之所以久传不息，是想说，即便是人们讨厌的乌鸦，你若对它们有恩，它们也会报答的。

但，我还是不太明白，为什么人们就不喜欢乌鸦呢？

个人猜测，一是颜色，黑黑的；二是叫声，哇哇，不好听。长久积聚起来的民族文化，形成一种强烈的认同心理，并深深融入人们的血液里，固定成了厌恶的符号。

黑色的乌鸦，在夜空中穿行，如幽灵般让人害怕，结果，也害了白颜色的乌鸦同类一起受到歧视。哇哇的叫声，也有不少鸟这样叫呢？为什么单单不喜欢乌鸦？让人想破头。

2. 身世研究

假想一：对待权贵的态度。话说某一天，某著名权贵为庆贺老年得子，特广邀宾朋，架势盛大。鸦和鹊也同时被邀。席间，好话成箱，恭维话成箩，特别是鹊，叽叽喳喳说尽好话，什么"看额头，前庭饱满，定是平步青云路，先登白玉堂"，什么"看眼睛，火眼金睛赛过孙大圣，坏人肯定无法逃生"，什么"看皮肤，雪里透白比过观音，富态赛过如来佛"；那富贵子闻此好话，突然大大地响响地放了一个屁，鹊见之，连忙又赞道："依稀乎丝竹之声，仿佛乎麝香之气，闻之不胜馨香之至"。主人真是大悦，好好地把宾客们招待了一番。

且说那鸦，他是天生的直性子，直肠子，脑子拐不了弯。见大伙异口同声说奉承话，于心不忍，就说了一句真心话：这孩子要死的。不要说主人，那些宾客闻此言都大惊失色，这死鸦，什么话不好说，偏说"死"，虽然大家都知道这是条基本规律，但也不好这样直说啊。不用说，那鸦被主人毫不客气地赶出家门，鸦的坏名声于是也传开了。

假想二：我家阳台窗子右边前方，有棵高高的构树，冬季早早地脱了叶子，光光的树杈上，前几年多了一个大鸟窝，一对花尾巴喜鹊成天飞进飞出秀恩爱，它报喜呀，左邻右舍都喜欢；它们经常在我窗前喊喊喊大叫，还上下翻飞表演高难度动作，我表扬过几次就不再表扬它们了，我以为，为人们唱赞歌是鹊们的本分。

　　这篇调查发表后，陆先生料定有两种反应：一是鸦们感到有人惦记着它们有些自慰；二是鹊们会大怒或不屑一顾："瞧，瞧，这张乌鸦嘴！"

悲情马嘉鱼

《齐东野语》，宋代作家周密的另一部大作。卷十四有《姚干父杂文》篇。他说，小时候曾经跟姚镕学习过，他是个很有学问的老先生。

姚先生写了不少文章，但基本没保存下来，周密存有老师为数不多的几篇写动物的杂文，其中有一篇是《福之马嘉鱼》，全文如下：

> 海有鱼曰马嘉，银肤燕尾，大者视睟儿，脔用火熏之可致远。常潜渊不可捕。春夏乳子，则随潮出波上，渔者用此时帘而取之。帘为疏目，广袤数十寻，两舟引张之，缒以铁，下垂水底。鱼过者，必钻触求进，愈触愈束愈怒，则颊张鬣舒，钩着其目，致不可脱。向使触网而能退却，则悠然逝矣。知进而不知退，用罹烹醢之酷，悲夫！

马嘉鱼的外形特点为：银白色的皮肤，尾巴很漂亮，个子也很结实，有满岁的婴孩那么大。它的生活习性是：常常活动在深海，很难抓到，但春夏生养幼鱼的时候，它们会成群浮到水面上产子。

渔民为什么看中马嘉鱼？将这种大鱼，切成块，用火熏，做成鱼干，味道极好，能保存很久，可以卖到很远的地方。

你以为你在深海就抓不到你了？渔民们看中马嘉鱼的致命弱点有两处：一是春夏之交它们一定会浮到水面上来；二是这种鱼碰到网时，不会跑掉，只会很生气，越生气越往网里钻，直到被网勒死。

渔民们的捕鱼工具是这样的：用格子很疏的网，长宽几十米，网的下端坠上小铁块，一直垂到水的底部，然后，两只小船一起拉着，快速往前进。

捕捉马嘉鱼的场景一定很壮观，因为渔民们信心满满，他们期待有一个好收成，他们一点也不担心马嘉鱼会跑掉。

果然，成群的马嘉鱼来了，它们视网不见，想钻撞，想继续前进，而越撞越被束缚，又更怒撞，腮颊张开，鱼鳍展开，然而，一切的抗争都徒劳，它们被钩在网眼中，永远不能脱身了。

对此，姚先生的评论是：马嘉鱼假使碰到网就知道退却，那就可以轻松脱险啊。只知道进而不知道退，因此惨遭烹煮成肉酱，实在是可悲啊！

姚先生的评论大致不错，布衣我还想再深入讨论一下其中蕴含的哲学关系。

有三组关系需要思考。

进和退。马嘉鱼在前进过程中，遇到了困难，不，应该是危险。这个时候，需要冷静，用平和的心态应对危险。既然前进不了，那就退一步试试看，退一步，海阔天空，退其实就是进。马嘉鱼不会退，那就成为渔民的猎物。人退了，一定可以得到另外一个世界。

变和通。马嘉鱼在遇险过程中，不仅不会退，还习惯将生活中不好的一面"发扬光大"。它容易生气，这个时候，它是越来越生气：凭什么不让我过去啊！凭什么嘛！我就是要过去！愤怒让它彻底失去理智，继而酿成悲剧。如果它能学会应变，就能一通百通，对于人来说，有变通才能有变化。

强和弱。渔民的经验是，马嘉鱼强大，是因为它在深海，凭一般的技术条件，我奈何你不得。但有强必有弱，马嘉鱼的弱点就是，死不悔改，没脑子，只会愤怒反抗，一条道走到黑。所以，对于人来说，只有善于利用对手的弱点，才能战胜对手，不管对手有多强。

当然，从马嘉鱼身上，我们还可以得到另一种暗示，就是，为了名，为了利，为了财，为了各式各样的"为了"，人类并不舍得放弃，也会像马嘉鱼那样，一味地只知进，不知退。

是什么促使马嘉鱼这么义无反顾，勇往直前？当然，是它的使命和职责，它们为了下一代，必须做出牺牲，前仆后继。所以，我说它们是"悲情"。

从这个角度讲，人类是丑恶的，我们不懂得怜悯，至少是缺乏怜悯。人类只爱惜自己，有时甚至连自身也不爱惜！

舞马的悲剧

唐玄宗，皇帝做得六七分，音乐才能却有十分，不仅鼓打得棒，戏曲学院院长做得称职，花脸也唱得好，还充分体现在对马的培养上。他能指挥人，将一匹匹野性十足的马，训练成中规中矩、听着音乐立即起舞的表演马。

公元855年，唐代作家郑处诲的笔记《明皇杂录》里，就有对舞马的生动描写。

四百匹从各地精选出来的良种马，被送进了宫中，还有塞外各少数民族首领进贡来的，品质都是一流。

这基本上就是一个超大型的舞马团了，这个团里，马是主角，人是配角，一切以马为中心。

每一匹马，都取有名字，靓仔，伟哥，帅小伙，全是好听的某某宠儿某某骄子，宝贵得很。训练时，分成左右两队，各有指挥。随着旗帜的舞动，音乐的节奏，马们开始做起了简单的动作，由混乱到整齐，由简单到复杂，等练到整齐划一时，场面就显得十分宏大。

李隆基将自己的生日八月初五这一天，定为千秋节——呵呵，做梦都想千秋万代。节日那天，唐都长安，勤政楼前，文武百官和长安的百姓都可以观看这场盛大的歌舞表演，人们似乎更期待马们的精彩表演。

舞马就这样出现在人们面前：它们身上披着鲜艳的锦绣衣服，鬃鬣也用金银装饰，还要再配上一些珠玉小挂件，盛装赛过唐朝舞娘。

年轻，身材标致，穿着淡黄色衣服，系着有花纹的玉带，一队乐手欢快上场，著名宫廷音乐《倾杯乐》响起，马们的表演开幕。

岔开下。《倾杯乐》，唐代名曲，崔令钦的《教坊记》里就有记载，后来演变成词牌名。谁作的曲？难道仅仅是喝酒时的表演？喝酒都需要满杯大杯拎壶冲？喝酒喝得杯子都翻倒了？不管怎样，这样的音乐节奏，一定是强烈而欢快的，犹如现代劲爆迪斯科。

四百匹马，左右两列，昂首翘尾，踏着喜洋洋的节拍，绕着全场致意一圈。随着挥舞的旗帜，前后左右，马们不断变幻着造型，俨然人的舞蹈。大唐山河，气象万千，物丰民富，安居乐业，哈哈，大唐皇帝要的就是这种正能量传播！

忽然，中间精彩动作夺人眼球：

场地中央，三层板床抬上，一勇士骑着马快速跃上板床，在窄窄的板床上旋转如飞，东西南北中，勇士和马频频向人们致意；

一壮汉举起一张板床，蹲地，站稳，一匹马迅速跃上板床，在窄窄的板床上振首嘶鸣，东西南北中，如痴如醉。

整场表演有数个小时，几十个章节，集体舞蹈，自选花样，舞马们各显神通，唐人们尽情地饱着眼福。

安禄山也喜欢看这样的表演，但是不过瘾，看着看着，就想干自己的大事了，你奶奶个李隆基，凭什么我要给杨玉环当干儿子啊，老子骗你们呢。

安禄山的倒唐运动，轰轰烈烈，沉湎于酒色音乐的李隆基自然一下子无法应付，只有往天府之国跑去了。舞马团，那些很有表演天赋的马，自然也都失业离散。没有人欣赏，职业优越感迅速消失。

在范阳，安禄山的部将田承嗣，从安那里得到了一匹失散的舞马，当然，他只是看着马的外表好看，就将它补进战马的序列，放养在马棚里。

有一天，田大将举行军中宴会，犒赏士兵。音乐一响起，那舞马就情不自禁地舞动起来。养马人一看，呀呀，不得了，妖孽，马还会跳舞，显然不是好征兆，说不定要出什么乱子呢。于是就拿着扫帚抽打舞马。鞭子打在舞马的身上，马以为自己表演出什么岔子了，是不是跳得不合节拍啊，是不是我没有穿华丽的表演服啊，总之，舞马更加卖力地跳着，精神十足，抑扬顿挫。

见到这样的场景，养马的小官也不敢怠慢，急忙向田大将报告。田大将认为，马跳个舞，没什么大不了的，用鞭子抽打就是了。鞭打得越来越重，舞马却跳得越来越认真，它跳得越好，打得越重，最后，舞马被打死在马槽下面。

其实，现场也有人知道，这极有可能就是宫中流落出来的舞马，但是，他们都怕田大将的残暴，唉，多一事不如少一事，舞马，打死了就打死吧。

一匹会跳舞的马，一匹有极高表演天赋的舞马，就这样死在唐朝军阀的乱棍之下。

天马行空，马具有极高的天赋。

田忌赛马，马当然有关系，马的能力有大小嘛，但是，凭的还是人的智慧。

东晋王嘉在《拾遗记》中写道：周穆王即位三十二年，巡行天下，驾驭的是称为八龙的八骏：第一匹叫"绝地"，跑起来脚不沾地；第二匹叫"翻羽"，驰骋起来能超过飞禽；第三匹叫"奔霄"，一夜之间可行万里；第四匹叫"超影"，能追赶着太阳前行；第五匹叫"逾辉"，毛色整体放出光芒；第六匹叫"超光"，一个身形十个影子；第七匹叫"腾雾"，可以乘着云雾前进；第八匹叫"挟翼"，身上长有肉翅。看看，这样八匹神马组合，驾驭起来会是什么情况？一定是周穆王想到哪里就到哪里，而周王到了哪里，哪里的天下就安宁了。

王作家对"八骏"展开的想象，海阔天空，神骛八极，到今天都不显落后。

蒙古人定都北京以后，他们最喜欢的跑马比赛，也开始在中原大地盛行起来，明清的赛马更加盛行，不过，这些运动，展现的都是力量的比较。人和马，都在力量的比赛中得到极大的满足。

奥运会上，现代马术比赛的时候，我一直不太看得明白，只是粗略知道，那是一项源于欧洲的贵族体育项目，选手着正装、礼帽、高靴，样子绝对像个绅士。障碍赛容易，就是骑着马越过一道道设置好的难度不一的障碍。盛装舞步赛，哈哈，有点好玩，那马有时踏步，有时旋转，比赛考核的就是骑马者和马的配合默契程度。

这盛装舞步，其实和唐玄宗的舞马差不多，都是不断训练的结果，不过，这个舞步要比单单力量展示的难度大许多。

唐代宫廷里的舞马，只是马成长发展史上的一个标点——顿号而已，却终究成了悲剧。依布衣看来，这悲剧在于，有才，但不为别人所知，而且，在不适合的场合显现才能，反而被认为是妖孽。说轻点，是舞马和军队的气场不对，信息沟通有欠缺，牛头不对马嘴，对牛弹琴；说重点，马不去劳作，不去打仗，光会花架子的表演，以军事为重的大将当然不需要你了!

不过，我们是不能苛求舞马的，术业有专攻，人如此，舞马也如此。

猫的异化

对鼠而言，猫原本很强大，动物学分类上，虎还是猫科呢。

唐代舒元舆的《养狸述》，就记述了强大的猫，不管老鼠如何横行，猫来了，毫不客气，一扫而尽。

唐代的新昌里，有一个富人家的仓库，老舒将它买来（或者是分房分配来的）作住房。因为是仓库，就有先天的不足，墙面地面，很多破洞，老鼠成群结队，自由出入。

这些老鼠胆大到什么程度？尽管你大声喝骂，尽管你用棍棒驱赶，它们照样我行我素，跑进跑出，视主人如空气。胆子稍微小点的，你一骂它，它还会躲避一下，不过，不久又跑出来大摇大摆了。如果仅仅是跑进跑出，那也无妨，大不了是人鼠共居。关键是，老舒白天要出去上班，等到晚上才能回家。晚上他回家时，他家的那些器皿衣物，全都遭到了老鼠毁灭性的破坏。

白天都这么猖狂，晚上怎么办呢？如果夜晚一直留着灯点到早晨，和仆役轮流用嘴驱赶呵斥，大家都会身心疲累。一夜两夜还行，时间久了肯定坚持不了！那就去借个柜子吧，将重要的衣物都放到柜子里装起来。但是，不久，柜子又被咬穿了。

老舒说，他心里非常烦闷，真想挖地找鼠洞，将它们杀灭剪除，为这事烦心，如同冬天患上了瘙痒的毛病那样难受。

正在他烦恼时，机会来了。有一官员，一次外出考察时，生擒了一只狸猫，他知道舒家患鼠害，就将野猫送给了老舒。

此野猫身体矫捷，毛纹斑驳，两眼炯炯有光，似乎能看穿一切藏在阴暗角落里的敌人。

此猫一来，就有不凡的表现。

只见那猫，昂着头伸着鼻子，似乎闻到了老鼠的味道，凝神蹲着不动。大战前的安静啊，猫胸有成竹。一会儿，果然有老鼠一只跟着一只出来了，这些老鼠，还是常规思维，它们以为还可以每天横行，肆无忌惮，谁也不怕，没想到，今天就要大祸临头了。突然，猫猛地跃起，张开强大的爪子，露出尖利的牙齿，发出撕裂的愤怒的吼声，老鼠们瞬间被吓傻吓晕，很驯服地趴在地上，不敢乱窜。强大的声威震慑之后，猫迅速出击，撕，抓，咬，噬，甩，三下五除二，所有的老鼠都一败涂地。

一场激烈的战斗之后，到夜晚，再挑灯查看，室内已是清清净净。

老舒对此猫欢喜极了，经常自己驯养，半年工夫，猫不再抓老鼠，老鼠也不再出洞了。看看，破的洞口都有蜘蛛丝了，且就像要被蛛网覆盖了。老舒家原来藏在柜子里的衣物，现在都随便放置，没有一件被损坏。

老舒于是心生感慨：这猫好啊，它不仅解了我的烦恼，还使我每晚都可以睡安稳觉，要知道睡不着是多么痛苦啊。想想也真是奇怪，那阴暗角落里的老鼠，胆子怎么这么大呢？细想一下，还不是因为人类没有抵制它的办法吗？没有办法，只能任它横行。那些富裕人家，家里如果没有猫看守，也一定会成为老鼠的乐园；美酒佳肴，也只好去填充老鼠的口腹。

这里再插一下老舒一生的境遇。

这位元和八年（813）的进士，大和初年（827）入朝做监察御史，随后升刑部员外郎，后来做到宰相。因为密谋铲除专权的宦官，事泄后被宦官仇士良所害并诛族。

所以，舒宰相绝对不会是就猫写猫的。果然，他在文章的末尾点明了主题：

如果时代不容行为端正的人，那么，青天白日之下，阴谋和私欲就会放任。所以，桀朝鼠辈多，而使关龙逄被斩；纣朝鼠辈多，而使比干被剖胸取心而死；鲁国鼠辈多，而使孔子离去；楚国鼠辈多，而使屈原自溺汨罗江。老鼠猖獗霸道，却不知道用猫来遏止，还放纵它们横行和暴戾，那就是反自然和反人类啊，岂止是仅仅祸害人间呢！

当心老鼠，提防老鼠，我们需要猫。猫才能横扫一切。

到了唐代作家陈黯这里，他的《本猫说》中，猫的强大功能似乎开始退化了。

陈作家考证，猫原来叫狸（上面老舒的文章题目就是《养狸述》），猫是末的意思：苍茫的原野才是它立足的根本，到农家抓抓老鼠，那是大材小用，发展的是它的枝末，被人驯养，这是轻视根本而荣耀枝末，所以叫作猫。

陈作家还写了个猫功能逐渐退化的故事。

有个农夫，将一只野狸的后代捉来，放在家驯养，待小野狸长大后，哈哈，就成了猫，就让它捕鼠。这只野猫，遇到老鼠，果真怒气冲冲，一下子就将老鼠捉到并吃掉，因而老鼠们再也不敢来祸害。

猫于是在农夫家生儿育女，然而，它的孩子们，对老鼠已经不太会发怒了，原因有多种，首先是小猫吃的老鼠，都是母猫捉来喂养它的，小猫以为，不必经过搏击就可以得到食物，看不见捕杀老鼠的场景，所以就不知道发怒。而且，小猫还怀疑，自己和老鼠，是不是都是主人喂养的呢，思想上就没有杀害老鼠的念头，长大后，甚至还和老鼠一起做起老鼠的勾当了。

对于长大后小猫的表现，农夫当然很愤怒了，你不抓老鼠也就算了，我白养你，但你不能和老鼠同为伍啊！这样的猫，要它又有何用？

陈作家这样写猫，也是有用意的。他才思敏捷，却一生坎坷，多次考试，一直没有及第，最后隐居南山。所以，猫的后代在优裕的生活环境中，丧失了战斗精神，最后竟然站在老鼠的立场上，解决的办法，只有赶走，或者宰杀。

晚唐的贪官污吏，伤了许多正直人士的心。

官僚制度，为什么一定要世袭呢？你们去世袭吧，我还是去隐居好了！

在唐代作家来鹄的笔下，猫啊虎啊什么的，索性不要了。

他的《猫虎说》，其实是抨击时弊的好杂文呢。

每年十二月，农事忙完后，农民将要在田野里举行八种祭祀活动，叫作"八蜡"；迎猫虎，就是其中的一蜡。为什么要迎猫和虎呢？因为猫和虎会吃破坏庄稼的野猪和田鼠，所以要祭祀它们。

但是，来作家认为，无论是猪是鼠，还是危害更大的猛虎，它们为害的程度，远远比不上贪官污吏的巧取豪夺。

所以，作家借村里的教书先生来评判迎猫迎虎这件事，先生笑着说：为驱田鼠而迎猫，为赶野猪而迎虎，都因为田鼠、野猪祸害粮食；可是，贪官污吏夺走粮食，又将迎什么东西来对付他们呢？

这样浅显的道理，农民们一听就明白，无论怎么说，灾难都是不可避免的，撤吧，撤吧，将神爱吃的美味都撤掉吧。迎猫虎，狗屁！

猫的后代弱化甚至变异一直在继续。

不管黑猫白猫，抓住老鼠就是好猫。这是因为，有些猫不会捉老鼠了，有些猫甚至还怕老鼠。

随手试举新闻两则：

《新民晚报》2012年4月6日消息：昨天下午，宁波灵桥路一店铺门口上演了一场"猫怕老鼠，狗拿耗子"的好戏。店主说，小狗在店里抓到老鼠后，把它放在人行道上，再让猫去捕。谁知，猫见到老鼠后却小心翼翼，始终不敢靠近。围观的行人说，眼下的猫不再是捕鼠高手了，倒是狗拿耗子，多管闲事。

上面的新闻配有图像，那猫果真害怕接近老鼠。

《萧山日报》2012年12月11日消息：网友"闲坐春秋"租住在崇化小区。12月5日早上，她刚出门上班，就在小区道路上看见一只猫和一只老鼠在楼下绿化带边相互对峙着。

黑鼠身子肥硕，在路边觅食，棕色的猫体型是鼠的十倍，却站在一旁好奇地观察。两秒钟后，黑鼠发觉不对劲，向前溜了几步想要逃，棕猫顺势跟上。突然，黑鼠扑了过来，吓得猫往后退了几步。接下来，面对乱窜的黑鼠，棕猫像受惊似的一路闪躲，无奈之下竟转头跑开。

见形势平静，黑鼠跳上了绿化带，棕猫悄悄跟在后面，可只要警觉的黑鼠一转身，它就又被吓退到路边。从视频的1分04秒开始，棕猫已经彻底妥协，似乎跟黑鼠达成了"和平共处"协议。视频的最后，棕猫和黑鼠在一楼住户的窗台下玩起了"你追我赶"的游戏，狡猾的黑鼠把棕猫耍得团团转。

上面的新闻，有时长2分19秒的视频，已被上传网络，名为《被老鼠调戏的猫》。

那些猫所见到的老鼠，并不是切尔诺贝利核电站事故中变异的几十斤重的大老鼠，而是一般的老鼠呢。

食有鱼，衣锦绣，出有车，躺在柔软的沙发上，躺在女主人香香的怀抱里，经主人再三请求，才懒洋洋地喵喵几声，猫们这样的日子真是太舒服了！

刘禹锡叹牛

牜

公元前195年11月，曲阜，汉帝国刘大皇帝带着庞大的队伍，以太牢之礼隆重祭拜孔子。古人祭祀讲规格，诸侯，少牢，只能用羊、猪；皇帝，太牢，有牛、羊、猪。

牛就这样隆重出场。

刘邦用帝王之礼祭孔子，表示了对儒学的相当尊重。他在长期的斗争实践中深深地体会到，要想带好一支队伍，再也不可能是一群流氓无赖聚在一起，自己带头往儒生的帽子里痛快地撒尿，无组织无纪律，痛快是痛快，可治国不行，唯有儒学才能整纪肃纲。

死去了的身体无限荣耀，可是，牛的生前境遇，却并不怎么好。

时光一晃，到了唐朝。

意气风发的年轻诗人刘禹锡，不仅用诗来表达他的政治观点，"沉舟侧畔千帆过，病树前头万木春"，老的总要老去，老的再也不要阻碍新生代；也用《叹牛》之类的寓言来进一步阐述他的政治立场，让人警醒。

诗人用老辣的笔，这样叙述他的所见。

老刘我，在郊外碰到一位老者，他牵着一头瘸腿的大牛，正往菜市场去。

我问：这牛身材魁梧，为什么会瘸了呢？为什么它还会发抖呢？

老人回答：身材高大，是因为我喂养得好，腿不好了，是因为我使用它过度。我过去拉车挣钱全靠它，现在它已经年老体衰。它的腿虽然折了，但身上的肉还算肥壮，可以卖肉。

我说：这样做，对您当然有利，可对牛不是太残酷了吗？这样吧，我把身上穿的这件皮袍送您，您把这头牛放生，可以吗？

老人笑笑：我卖了牛，可以换酒和肉，还可以给老婆孩子买衣物食物，我要你这皮袍子干什么呢？和你说实话，我当初尽心养它，并不是爱它，而是为了让它给我出力；现在将它卖掉，也不是恨它，是因为它能给我换回钱来。你还是不要管我的闲事吧。

我知道说不过老人，只好用手杖轻轻地敲击大牛的角，发一发感叹：所求的没有了，利益点也就变了。伍子胥替吴王成就了霸业，最后不得好死；李斯辅佐秦始皇，却遭五马分尸；白起威震长平，却被逼自杀；韩信打败项羽，自己却在长乐宫丧了命。这些人都是使用完了，没有利用价值了，祸害也跟着来了，飞鸟尽，良弓藏，藏已经算埋没人才了，干吗要良弓折呢？实在太可悲，太可悲了！

我还悟出了一个简单的道理：只有保持永久的使用价值，应付各种变化，这样才会安全；如果贪图功业，用尽自己的才能，那就很危险了。

嗬，刘禹锡真是写了一篇书呆子气很重的杂文啊，寓意自然深刻。

虽然人不可能有永久的价值，但是适度提醒自己，也就可以避免像那头大牛一样的命运。

但大牛被宰的命运是必然的，即便不是劳动所致，也会有其他的危险。

比刘禹锡小一岁，却早逝很多年的柳宗元，也观察到了牛。他的《牛赋》，虽然短小，但赋中仍然包含了极大的信息量。

牛体形大：魁形巨首，垂耳抱角，毛革疏厚。

牛们勤奋，为人类辛勤工作：抵触隆曦，日耕百亩，往来修直，植乃禾黍。自种自敛，服箱以走，输入官仓，己不适口。

牛对人类的贡献极大，自己要求却极低：陷泥蹶块，常在草野。

这头利满天下的好牛，境遇远非那坏驴可比：不如羸驴，服逐驽马。曲意随势，不择处所。不耕不驾，藿菽自与。腾踏康庄，出入轻举。喜则齐鼻，怒则奋踯。当道长鸣，闻者惊辟。善识门户，终身不惕。

那羸驴，跟着劣马，拍着马屁，到处溜达，不劳动不工作，混吃混喝，衣食无忧。它还常常趾高气扬，在康庄大道上炫耀自己：快乐时仰起鼻子，恼怒时尥起蹶子，还常常在大道中央，昂首嘶鸣，旁人吓得老远躲避。它还善于认得门第的高低，一辈子都没有什么忧愁。

唉，这样好的牛，又有什么用呢，和品性一般的驴子都比不了：牛虽有功，于己何益？命有好丑，非若能力。慎勿怨尤，以受多福。

柳宗元这样说牛，其实也是反话正说，这正是他的赋眼所在：牛啊，我对你抱深切的同情，强烈地为你不平，人类对你不公！

读到这里，柳宗元写《牛赋》，用意已经很明显了，这个时候，他正被贬永州呢：我就是唐朝的牛啊，我就是体制不公平的牺牲品啊!

牛的故事还在继续。

公元1097年至1100年,大文豪苏东坡,被贬海南儋州。

这地方有一种风俗让他很不爽,他就借柳宗元的《牛赋》发挥,写了一篇《书柳子厚牛赋后》,主题虽然完全两样,但牛的境遇依然没有改变:

> 岭外俗皆恬杀牛,而海南为甚。客自高化载牛渡海,百尾一舟,遇风不顺,渴饥相倚以死者无数。牛登舟皆哀鸣出涕。既至海南,耕者与屠者常相半。病不饮药,但杀牛以祷,富者至杀十数牛。死者不复云,幸而不死,即归德于巫。以巫为医,以牛为药。间有饮药者,巫辄云:神怒,病不可复治。亲戚皆为却药,禁医不得入门,人、牛皆死而后已。地产沉水香,香必以牛易之黎。黎人得牛,皆以祭鬼,无脱者。中国人以沉水香供佛,燎帝求福;此皆烧牛肉也,何福之能得,哀哉!予莫能救,故书柳子厚《牛赋》以遗琼州僧道赟,使以晓喻其乡人之有知者,庶几其少衰乎?庚辰三月十五日记。

苏文中有几个细节值得关注:

1. 牛渡海时的痛苦情景。数百头牛,挤在一条船上,碰到风浪大的时候,没有水喝,没有料吃,常常有很多头牛死去。所以,牛们似乎都知道这个苦楚,登船时,都会哀叫并流眼泪。

2. 海南奇怪的风俗,人生病了不看医生,只杀牛以祈祷,有富人生病,要杀十几头牛。病侥幸好了,功劳都归于巫师,那些巫师却常常吓人。

3. 海南的黎族人，制作沉香是好手，他们用沉香换牛，换来的牛却全部用来祭鬼。

苏轼于是很痛心：唉，内陆人都用沉香供佛求福，哪里知道这都是在烧牛肉啊，还求什么福呢？我不能救这些牛，只能将柳宗元的《牛赋》抄一遍，送给道赟和尚，让他去宣传一下，看能不能改变这里的习惯。

苏轼的人文情怀，和刘禹锡、柳宗元，显然不一样。他似乎已经不拘泥于自身的遭遇，自己只是个例，而牛们却无助得很，更让他心疼的是，人们对牛的态度，很有些理所当然。

到了南宋，著名作家周密，他的《齐东野语》卷十四里有《食牛报》，则以自己的亲身采访经历，告诫人们要善待牛。

庐陵人朝阳，曾经是周大作家的同事，有一次，朝阳生了好几天的病，周去看望，同事所叙述的病因，却让大作家深感诧异。

朝阳的生病经历，基本上是一种时空穿越了：以前我曾经得伤寒病，十来天都不好。有一天昏睡中，忽然感觉被一头牛所吞，眼前一片黑暗，我感觉已经到了牛肚子里。我说，自己死倒不足惜，可年迈的老母怎么办呢？于是，就发誓，如果能重见天日，当终生不吃牛肉。誓刚发完，就醒过来了，出了一身大汗，病也就好了。

朝阳继续叙述：我不吃牛肉已经有十年了，昨天下乡，在一个农家乐吃饭，餐桌上有烤牛肉，色香味俱全，一帮朋友也都劝我吃，实在忍不住，就吃了一些，刚回到家，就不舒服了。到了晚上，又做了与数十年前相同的梦，又重新发誓，病情这才有所好转。

周大作家听同事说了这样的稀奇事，一下子回想起，在以前的各类传记小说中，常常看到相类似的情节呢，因为吃牛肉，而生各种各样的病，但从来没有亲见过听过。他们家已经三代不吃牛肉了，他母亲体质一向不强健，但从来没有生过伤寒疫病，即便家里的佣人们也没有得过瘟疫。

周作家也因此感叹：我相信同事说的是真实的，一并记下来，告诫世人。

周作家，对前面三位作家的观点，完全是一种颠覆，他用文学的笔调告诫人类，真是有报应这一说，真是有牛的报应。

唐人郑处诲的《明皇杂录》记载：离开四川后的杜甫客居湖南，因为一场大洪水的围困，连续饿了九天，当地的长官设法将他救出，又用牛肉白酒好好地招待了一餐，但杜大诗人第二天却再也没有起床。

郭沫若考证，说杜诗人是因为酒喝多了，牛肉也吃多了，且很有可能牛肉因天气热而有些变质，是食物中毒。

唉，虽然不是报应，但杜大诗人，那晚要是不吃牛肉，喝点稀粥，先养养胃，也不至于送命吧。

官舟官牛官猪官马之类

两千多年前的某天，刘基《郁离子》中的虚拟人物瓠里子出了趟长公差。

瓠里子这次是从吴地返回粤地，估计他还有些级别，吴相国客气地要派人送他到码头。相国嘱咐他说：我派去的人会选择一条官船把您送过河的。可能是信息不发达，指令没有及时传递到，致使瓠里子到达码头时，送的人居然还不见踪影，吴国官方的接待水平真是不敢恭维。瓠里子一看，哎，这江边停着上千条船呢，哪一条是官船啊？

一会儿，送行的人气喘吁吁跑来，连声抱歉抱歉。瓠里子问：同志，这么多船，我们坐哪一条呢？同志回答说：这太容易了，只要看到那破篷断橹而又挂着旧帆的就是官船。果然，特征极明显，一下子就找到了。

破篷，断橹，旧帆。为什么会这样呢？意思很明显，无非是缺少管理，缺少制度。大家都使用，大家都不管。篷破了，只要还能扯；橹断了，只要还没断尽；帆旧了，只要还能扬，那么，这条官船是不会退役的。想想看，这是皇家的财产哎，你能随便报废？好好的，又去新购，岂不是浪费？谁让你们官员公务那么频繁呢？不仅如此，你们这些官员的七大姑八大姨还要常常搭便船呢！

事实上也是，只要不出事故，大家都不敢随便丢弃的。如果，像波兰总统的专机，落地一下子没站稳，失事了，那就要好好地整顿一番了。

若单单从机制上分析，显然还不全面，官家的东西未必管不好，这得看是什么类型的。

汉代的上官桀做未央宫管马的官时，汉武帝曾经身体不舒服，有一段时间没出行了。等到病好，皇帝到马棚视察，发现官马大都很瘦弱，为什么会这样呢？武帝非常愤怒，要追究上官桀的责任，并责问他：你以为我不能再看到这些马了吗？要治罪。幸亏上官桀这小子脑袋瓜灵光，他狡辩说：我听说圣体不安，日夜忧愁，牵肠挂肚，心思确实没有放在官马身上。然后泣不成声，最后泪流满面，这样才骗过皇帝。

皇家的东西自然忽视不得，因此，只要和皇家沾边，它随时都会很牛。

唐德宗时，正直的卢杞任虢州刺史，有一天他实在忍不住向皇帝发飚了：我们虢州有三千头官猪，经常糟踏庄稼，已经成为老百姓的一块心病了，皇上您说怎么办吧！德宗批复说：那就把它们迁到沙苑吧！按照一般思路，地方官，只要管好我这一片就行了，城里这些企业有污染，那就迁到乡镇去吧，至于会不会再污染，那我就管不着了，总不能不办吧，不办我们还能出成绩吗？但卢杞不这样，他又上折子争辩：沙苑那里的百姓也是陛下的臣民啊，我认为还是把它们杀掉吃掉为好。德宗还算开明，下诏将那些官猪赐予当地贫苦老百姓吃掉。第二年，德宗就升卢杞做了宰相，这样为我大唐大局考虑的官员应该得到升迁的。

我不太清楚，皇家要养这么多的官猪干什么，是专门吃的（估计放养的生态），还是专门用来玩的（从中选拔出健壮的斗猪）？既然是官猪了，那它的身份就不一样，这些畜生是可以为所欲为的，老百姓田里那些青葱欲滴的庄稼，自然得它们青睐。而且，养那些官猪的，便如弼马温，大小也是个官吧，他们肯定也是打着皇家的旗号，任由那些畜生胡作非为。我再想，养什么官猪啊，肯定是哪个想从中捞油水而出的馊主意，搞个"特供"就行了呗，什么都可以特供的，悄悄地干活，谁也不知道！

皇帝有专门的机构为他服务，这不奇怪，但以上洪迈提供的两个片段至少说明，那些高级别的官员，那些有专车专船的大官，他们的坐骑绝对不会像觚里子看到的那样破败，专职司机，专门保养。因此，"官舟"只能是为中下层官员服务的。

这有许多事实可以证明。白居易有一首《官牛》诗，我想应该有些说服力的：官牛官牛驾官车，浐水岸边般载沙。一石沙，几斤重？朝载暮载将何用？载向五门官道西，绿槐阴下铺沙堤。昨来新拜右丞相，恐怕泥涂污马蹄。右丞相，马蹄踏沙虽净洁，牛领牵车欲流血。

白诗一直比较通俗。《官牛》里，这些官牛本来也是可以驾官车的，但为什么起早落夜来载沙呢？它们做苦力的原因是，五门那边，有绿色槐树的官道上，路不平整且有污泥，形象不太好，这可是个重要路段噢，有要人会经过的，昨天新上任的右丞相，恐怕泥涂弄脏了他的马蹄，所以要铺沙。可以肯定的是，丞相的马一定是名马，你这个官牛只好颈项血流出了！这个新上任的丞相，他要是寒舍跃龙门的话，要是他家处在深山的话，那也必须问的，路绝对要修到他家门口！

大恶"穷奇"

饕餮，混沌，梼杌，穷奇，传说中的四大凶兽。

饕餮，极贪吃，见什么吃什么，最后被撑死，它是贪欲的象征；混沌，既混又沌，是非不分；梼杌，顽固不化，态度凶恶；穷奇，一反常态，抑善扬恶。

虽然，混沌和穷奇都是助纣为虐，但最有故事的还是"穷奇"。

《神异经》对穷奇描写比较全面：

> 西北有兽焉，状似虎，有翼能飞，便劗食人，知人言语，闻人斗辄食直者，闻人忠信辄食其鼻，闻人恶逆不善辄杀兽往馈之，名曰穷奇。

像老虎，有翅膀，听得懂人的话，这些都不是它坏的条件。它坏就坏在，站在非正义的立场上帮助坏人。两人争斗，它会将正直而有道理的那一方吃掉；对于忠正而有信义的人，它极看不惯，会将这人的鼻子咬掉；它听说有大逆不道的坏人做坏事，马上很兴奋，会捕捉野兽去犒赏他。

现实社会，打架争斗的事是经常发生的，有时双方莫衷一是，有时双方道理却泾渭分明，而对于穷奇来说，它有先见之明，它一定分得清谁是谁非，正因为它分得清是非，辨得出黑白，所以，才会急匆匆飞到现场。它不是有翅膀吗？灵敏度很高，很快会到达事发现场。它一到达，不管三七二十一，先将有道理的一方给收拾掉。坏人于是更加嚣张，我可以为所欲为，反正穷奇会来帮忙的。

穷奇来去如风，正直的人常常遭殃。好好的，在路上走着走着，突然间，鼻子没了，为什么啊？因为穷奇，它路过，它看不惯，你们为什么如此忠信？我就看不惯你们的忠信。

穷奇来去如风，坏人们常常会得到惊喜。我不赡养父母，我将别人的东西据为己有，我对上苍大不敬，昨天我还杀了一个人，没什么原因，这个人挡了我的路。突然间，我家门口多了很多东西，喏，有肉，有粮，有钱，这些东西都是穷奇送的。穷奇是个厉害的主，它是在鼓励我呢，我可以继续做这些事，有它撑腰，我还有什么好怕的呢！

总起来说，穷奇是个分得清善恶，但又一味助恶的大坏蛋。

《山海经》中有两处写到这个坏蛋。

《西山经·西次四经》这样写：

又西二百六十里，曰邽山。其上有兽焉，其状如牛，猬毛，名曰穷奇，音如獆狗，是食人。

这里说穷奇的形状像牛，毛像刺猬的刺，叫声像狗，会吃人。

《海内北经》这样写：

穷奇状如虎，有翼，食人从首始，所食被发。在蜪犬北。一曰从足。

这里又说穷奇的形状像虎，长着翅膀。吃人的时候，它会先吃头，它正在吃的这个人披散着头发（估计作者是看着穷奇的画像描写的）。穷奇生活在蛊犬（野狗）生活之地的北边，也有人说穷奇吃人时先吃脚。

《山海经》的两处描写，也没有提供多少信息，连穷奇的形状也不确定，像牛，像虎，但都要吃人，很残酷，从吃头开始。

光会吃人真的不算太坏，只是凶猛而已，有多少动物都会吃人的，对要吃人的动物来说，吃人是它们的一种本能，弱肉强食。而穷奇显然不仅如此。

让人纳闷的是，穷奇为什么会这样呢？没有一种记载说穷奇为什么有这样的坏德行。

布衣简单认为，上古人类是非感极强，爱憎简单。有好人，就有坏人，有好动物，也肯定有坏动物，没有好，无所谓坏，坏的越坏，方能显现好的更好。于是，对各种丑恶现象，都找一个相应的对照物，将穷奇们想象得越坏，越能表达心中的感受。

所以，我们对此种神话兽的态度是，宁愿信其有，将它看作一种坏的恶的象征。穷奇是一种参照物，也是一面镜子，即便现实中没有这样的动物，也会有这样的现象，狼狈为奸，沆瀣一气，这些成语显然没有过时。

现如今，穷奇人人喊打，饕餮却以另一种隐形态存在于各式各样的环境中。就如我们人类的身体，饕餮细胞仍然在蓬勃滋长。

一肚子坏水的猱

明人刘元卿的笔记《贤奕编》里，有一只一肚子坏水的猱：

> 兽有猱，小而善缘，利爪。虎首痒，辄使猱爬搔之不休，成穴，虎殊快，不觉也。猱徐取其脑啖之，而汰其余以奉虎，曰："余偶有所获腥，不敢私，以献左右。"虎曰："忠哉猱也，爱我而忘其口腹。"啖已又弗觉也。久而虎脑空，痛发，迹猱，猱则已走避高木。虎跳踉大吼，乃死。

前面的《动物部队》说了，这个猱，就是小猴子，它非常不起眼，但极会拍马屁，而又凶狠，是相当狡猾的小东西。

它很善于攀爬，只要有机会，爬上爬下，很活跃。它还有一个特长就是，长有锋利的爪牙。爪牙锋利，有很多用处啊，既可以保护自己，也可以用来当作拍马的工具呢。

老虎之所以成为兽中之霸，原因就是它太强大了，百毒不侵，任何事任何物都侵害不到它，于是，它就大大咧咧，马马虎虎。而且，想要拍它马屁的，蜂拥而至，它们都想得到好处，都想得到它的保护，都想靠着它过好日子。

这不，头上痒痒了，随便对猱喊一声：给你个拍马屁的机会噢，快来给老子搔搔痒！猱急急忙忙，屁颠屁颠跑来了：好嘞，大王，一定让您舒服！

该猱于是轻轻跳上虎头，使出浑身解数，揉啊，搔啊，抓啊，摸啊。它心里清楚得很，第一步，一定要让这老东西舒服，舒服了，它才会离不开我！第二步，我不是有利爪吗？有老东西好受的。于是，那猱慢慢地抓啊抓啊，皮肤抓得很薄了，皮肤抓出小洞来了，小洞越来越深了，深到看得见老东西的脑髓了，哈哈！

而这个时候的老虎，反而越来越沉浸在逼近死亡的享受中。世界上最快乐的事情，就是挠痒痒了，那个舒服劲，比吃肉都爽，没法形容。猱这小东西真好，真体贴，每一挠都抓到我的心坎上呢。

有一天，挠痒工作照例进行中。

猱仍然卖力，不过，这回，它已经尝到了老东西脑髓的美味了。当然，它不会忘记拍马屁的。于是，它就用爪子弄了点脑髓给老东西也尝尝。哎，大王，我弄到了一点很好吃的东西，我不敢私下品尝哎，孝敬给您先尝尝吧。老虎当然愉快地接受了，什么事情它觉得都是理所当然的。真好吃，这是什么东西？嗯，它是我在森林中发现的，一种美味，大王要是喜欢吃，下次我多弄点来。

于是，老虎又将猱大大地表扬了一番，这个小东西他妈的还真是不错，有好东西想着老子！不错，不错！

老虎就算是脑袋再大，脑髓少了，终究会有生理反应的。有一天，老虎觉得头痛欲裂，它急忙去找医生，医生大吃一惊：怎么搞的嘛，大王，您脑袋上怎么会有这么深的洞洞呢？哎，怎么您脑子里的东西都空了啊，没有脑髓，您还怎么活啊！老虎这才想起，都是那狗日的猱，它害我的，一定要将那小东西抓来，让它抵命！

可惜的是，事情已经迟了，那聪明绝顶的小东西猱，早知道有这么一天，它早已爬到高高的大树上，躲得好好的，看那老东西在下面大吼发威。没有脑髓的老东西，能吼多久呢？极度的愤怒，大量的失血，加上头痛引起的各种并发症，没有多少时间，老虎就一命呜呼了。

人群中也有很多的小猱。

官员病入膏肓时，只有悔恨，只有哀叹，甚至不如老虎，老虎还能对着那小猱发出最后的愤怒吼声呢！

狮子的派头

狮

元代陶宗仪《南村辍耕录》，卷二十四有《帝廷神兽》，狮子的派头十足。

狮子常常出现在这样的场景中：

> 国朝每宴诸王大臣，谓之大聚会。是日，尽出诸兽于万岁山。若虎豹熊象之属，一一列置讫，然后狮子至，身材短小，绝类人家所蓄金毛猱狗。诸兽见之，畏惧俯伏，不敢仰视，气之相压也如此。及各饲以鸡鸭野味之类，诸兽不免以爪按定，用舌去其毛羽，惟狮子则以掌擘而吹之，毛羽纷然脱落，有若煮洗者，此其所以异于诸兽也。古云狮子吼，盖不易于吼，一吼则百兽为之辟易也。

诸王大会，应该是规格最高的聚会，如果只是山珍海味，那未免单调，活动一定得有亮点。这亮点就是观赏珍稀动物表演。

看动物们如何出场和表演。

虎豹熊象，本土明星，首先一一出场。外宾狮子最后登台。不要小看它身材短小，小得有点像富人家养的金毛狗，但是，本土明星们见了狮子，大气不敢出，或蹲或趴，样子极为柔顺，都不敢抬头看狮子。

诸兽都到齐了？那就赏给它们吃的吧，鸡鸭野味，应有尽有。

大虎，来，给你一只鸡。大虎连忙用爪按在地上，用舌头去其毛，然后津津有味地吃了。

二豹，来，给你一只鸭。二豹连忙用爪按在地上，也用舌头去其毛，然后也津津有味地吃了。

三熊，来，给你一只鹅。三熊连忙用爪按在地上，还是用舌头去其毛，然后也津津有味地吃了。

四象，哎，你不吃肉的，给你一捆甘蔗。

五——

六——

……

最后，各位贵宾注意了，看狮子如何吃鸡！

一只胖鸡"飞"到狮子面前，该狮用宽大的掌心一把接住（看仔细了，不是按住，按是在地下），然后，对着该鸡，用力一吹，鸡毛纷纷脱落，赤身裸体，犹如杀毕褪白一样干净。

该狮内心独白：去毛这样的小活，一点也难不倒我！我从来不吃带毛鸡！

布衣我旁白：龙卷风能将鸡吹上天，却吹不掉鸡毛。如果要将长在活鸡身上的毛吹掉，按风力等级计算，毛估估需要14级以上，14级超强台风，每秒40多米，每平方米的推力至少两吨以上。

真是千钧之力。

难怪狮子一吼，百兽都要惊退。呵呵，睁着眼出生的动物，勇猛无比。

其实，陶作家笔下的狮子，还不是最厉害的，它只是美索不达米亚文明时期的一种亚型狮子，非洲狮子要比它大得多。这种伊拉克狮子究竟什么时候传入中国，说法有多种，但不管怎么说，它一定出现在"狐假虎威"这个成语之后，《战国策》中描写的那只老虎，才是那时的百兽之王。

印度将狮子奉为圣兽，中国的明清时期，狮子也已经成为护国安邦的神兽了。皇宫深宅，高墙大院，石头狮子的身影随处可见。强大的身躯，昂首蹲着，守着，目光炯炯，威严万分。

牛皮不是吹的，火车不是推的，狮子的派头是强大的象征，实力的体现。

欧洲狮在公元1世纪的时候就灭绝了，当然是因为人类。

印度的几百头狮也只能生活在有限的保护区内。

中国的狮子基本只见于故事中，传说中，民俗中，想象中。

舞狮的季节到了，那就让狮子尽情地舞吧。舞吧，舞吧，舞出狮子的派头，舞出平安，舞出吉祥！

鼠拖卷

明代顾起元的《客座赘语》卷五，有《鼠拖卷》，动物因果报应的典范。

明朝嘉靖年间，庚子科举。第八十三名是颜芳，他的中举故事，饶有趣味。

阅卷考官全部卷子阅完，名次基本已定。颜芳的卷子已经被考官丢到桌子底下去了。一转眼，颜的卷子又跑到桌子上了，考官以为弄错，再将颜卷丢到桌子下。过了一会儿，颜卷又混杂在桌子上的那些卷子中。

考官很惊奇，怎么回事呢？于是，再次将颜卷丢到桌子底下，自己却躺到床上假装睡觉去了。过了一会儿，一群老鼠出来了，它们将颜卷一起抱到了桌子上。这位考官再审颜卷，细看，还不错，于是录取了颜芳。

放榜的时候，考官好奇地问颜芳：你们家一定积了阴德，不然，老鼠怎么会这样再三拖卷？颜芳回答说：我也不知道积了什么阴德呢，只是我们家三代以来都不养猫的。

其实，早在唐朝，《玉泉子》中写了这样的故事：

进士李昭嘏，考了十次都不中。他登科那一年，并不认识主考官。那主考官白天睡觉醒来的时候，在枕头边发现一卷文轴，仔细一看，是昭嘏的考卷。他就将卷子放回书架的原处，又开始睡。这时，他见到一只大老鼠，跳到书架上，取出昭嘏的卷子，衔着卷轴，又送到他的枕边。又放回，又衔来，一连好几次。昭嘏来年春天及第，主考官问他原因，他说，他们家三代不养猫。这件事情传出后，都说是鼠来报恩。

从情节上看，顾起元一定是读了唐人的书之后写的，只是人物换了，未必真有其事，但坊间传闻一定不少。

古代笔记中，有很多这种因果报应故事，虽然没有科学根据，却是人们愿望的合理表达。

老鼠拖卷有几种可能，要么卷子妨碍了它们的活动，要么卷子上有它们需要的食物，或者干脆卷子可以吃。

但是，鼠拖卷却告诉了我们一个简单的道理：万物并育而不相害。你保护了它，它也有利于你。

其实，早在人类出现之前，老鼠就已经在地球上生存了4700多万年。人类才是入侵者呢。

从另一个角度讲，老鼠并没有要求考官有太多的徇私，它们只是想让考官关注李昭嘏、颜芳的试卷，要知道，批卷子看走眼的事也是经常发生的。

关于老鼠和考试的事情，宋代曾敏行的《独醒杂志》卷三，也有一则《杜镐待试有鼠衔文》，可以看作一种巧合。

杜镐在江南的时候，正准备候考。有一个白天，在一家旅店，他正休息着，突然，一只老鼠，拖着一卷书，从门外闯入。杜考生醒来看见老鼠，就要赶走它，但老鼠并不跑，反而将书拖到杜考生的床前才跑开。杜把书拿过来一看，是《孝经注疏》。杜觉得很奇怪，怎么回事呢？反正无所事事，就将这本书翻了好几遍。到考试的时候，考题正来自此书中，杜当然考得很好了。

　　似乎是一个巧合，就如现在押中考题一样，并不是十分稀奇的事。但通过这样的方式来表达善有善报，实在有点让人惊奇。

害羞的驼

动物还害羞?

那肯定的,只不过没有像人那样表现得明显罢了,但它们一样有七情六欲。

唐代段成式《酉阳杂俎》前集卷十六《广动植之一·毛篇》这样描述驼:

> 驼,性羞。《木兰篇》:明驼千里脚。多误作鸣字。驼卧腹不贴地,屈足漏明,则行千里。

驼是怎样的一种动物呢?段作家基本描写到位了:它极其驯从,对人类没有任何要求,只是对人类默默地奉献。睡觉连腿都不敢伸直,天一亮就要起床,少吃少喝,没吃没喝,甚至不吃不喝,每每要走千里路。它不是单纯地走,不像有些人那样单纯地野行,毅行,跑马拉松,它的背上往往负着重,或人或物。

但驼是如何害羞的,段作家没有任何的描写,难道,他是要我们从驼的品性上去分析?

应该是这个路径。

驼,就是为干旱和沙漠而生的。

中国西部的几处有名一点的沙漠，我都有幸到过，比如新疆的塔克拉玛干，宁夏的沙坡头，甘肃敦煌的鸣沙山，内蒙古的鄂尔多斯响沙湾。说实话，我只是去玩的，也只是初涉沙漠的边缘，但我确信，我是看到沙了，看到了一望无际的沙漠，产生不少的感想。

在沙坡头。进山出山，接连骑了四趟骆驼。感觉一次比一次差，原因就是骑骆驼。说实话，沙漠里那些景点，其实不用骆驼也完全可以，在沙漠里，搭一些小栈桥，或者坐沙漠中的冲锋舟，快得很，而游客既然是冲着沙来的，当然可以玩沙了，但偏偏要你骑驼。于是，所有的景点，用的几乎全是骆驼。许是驼比较好养，还是价格低廉？

那些静候客人的驼，在炽热的阳光下，一大片卧躺在沙上，喘着粗气，耷拉着脑袋。按段作家的描述，它虽然躺着，腹却不着地，不知道它肚皮为什么不贴地，如果人换作这样的姿势，没几个能做得了，除非在练少林功。客人来了，牵驼人一声令下，它们就会排好队，乖乖地来到你的眼前，然后，又一声令下，它就顺从地前脚跪地，后脚弯曲，总之是摆出一副让你舒服地坐上去的姿势。然后，再一声令下，一群驮着人的驼队就出发了。驼背上有老人，有孩子，有胖子，也有瘦子，但普遍现象是，胖的多，瘦的少，动不动就一百多斤。那些驼，毫无怨言，它们也无法抱怨，无权抱怨，只有老老实实，一步一步往前走。一天天走，一月月走，一年年走。

我洋洋自得地骑在驼上，前后都有同伴，他们都拿着相机，左右前后咔嚓咔嚓。沙峰、驼队、斜阳、影子、沙柳、大漠风光，真是别致。我问牵驼人：这驼大概有多长寿命？几十年吧。驼老了怎么办？杀掉吃了呗。牵驼人回答得很轻松。是的，他不会考虑这么多，他只考虑，眼前这些驼能给他带来多少利益，驼老了，不能干活了，那就杀掉，或者卖钱，或者自己吃。就这么简单！

沙坡头顶上，立有大诗人王维的雕像，诗人面朝前方，远望沙海，手握诗卷，蓝天下显得很有气派，因为他写下"大漠孤烟直，长河落日圆"的名句。为什么孤烟会直？你坐在家里，是想象不出来的，只有到了大漠，只有在那种万籁俱寂的环境中，只有点燃起驼粪，那种烟，才会袅袅直上。驼粪嘛，随处可见，那些牧民们自然要用它生火做饭了。

还可以想象一下这样的场景：一驼，一人，粮尽，水绝，漠远，风烈，这种时候，只有驼才会帮得到你。它们会感知山脉的泉源，它们会辨别风向，它们十分耐渴，它们不畏风沙，它们有的是力量，它们从不失望，它们对明天充满信心。沙只是在它的脚下而已。

对这样的驼，我们简直找不出一丁点毛病，它几乎将全部都交给了人类。可是，它老了，却要被人杀掉吃掉。

返回路中，再一次骑驼，它仍然是那样的姿势，卑躬屈膝，当它前脚跪地的时候，我的心突然隐隐有点难受。似乎，我的怡然自得，和驼的默默负重，格格不入。

驼害羞，本质上却是一种内敛，一种顽强，一种志在千里的坚毅！

附：害羞动物二

1. 谢豹

《酉阳杂俎》前集卷十七《广动植之二·虫篇》有害羞的谢豹：

> 虢州有虫名谢豹，常在深土中，司马裴沈子常掘地获之。

> 小类虾蟆而圆如球，见人，以前两脚交覆首，如羞状。能穴地
> 如鼢鼠，顷刻深数尺。或出地听谢豹鸟声，则脑裂而死，俗因
> 名之。

我在宋代陆游的《老学庵笔记》卷三和明代谢肇淛的《五杂组》中都看到对谢豹的记载，描述也差不多，基本上是因袭段成式的。

谢豹为什么害羞？看见人就以前足遮头。为什么遮头？大约它非常有自知之明，知道自己模样难看，怕影响市容，不敢到社会上混。一个更大的疑问是，它为什么听见杜鹃鸟的叫声就脑破而死呢？许是它对杜鹃鸟发出的超声波，极度不适应，以至于死亡。

谢豹是如此的柔弱而胆小，听到鸟叫的声音就受不了。

唉，脆弱如此，哪还叫什么"豹"呢？

2. 风狸

《酉阳杂俎》前集卷十五《诺皋记下》有风狸，也害羞：

> 南中有兽名风狸，如狙，眉长好羞，见人辄低头，其溺
> 能理风疾。

中国神话传说中就有风狸，火烧不死，刀砍不入，打之如打皮球，必须用锤击其头数千下才死，然而，只要它的口中有风吹入，就能立即复活。

但是，现实中的风狸，却像猴子一样，栖息在高高的树枝上，顺着风，在树林中爬来爬去吃果子，眼睛红红的，尾巴很短。

也许是眉毛长，遮住了双眼，以至于别人看到，以为它是害羞。

见人低头，你们人类强大，我惹不起，躲不起，还不能看不起吗？

好歹，我也不是没用的东西，起码，我的尿，对你们人类还是有用的，能疗你们的痛风啊什么的。

獭的笼子

鹰捕鱼多见，獭捕鱼却不常有。

唐代段成式《酉阳杂俎》，前集卷五有《诡习》，是讲一个聪明的渔人，利用狡猾而凶残的水獭替他捕鱼的故事：

> 元和末，均州郧乡县有百姓，年七十，养獭十余头，捕鱼为业，隔日一放。将放时，先闭于深沟斗门内令饥，然后放之。无网罟之劳，而获利相若。老人抵掌呼之，群獭皆至，缘衿藉膝，驯若守狗。户部郎中李福亲观之。

这应该是段作家采访到的真实新闻，他是从户部的李福郎中那里听来的，因为李郎中亲眼看到，所以真实。

此渔人虽没有特别的地方，但是，绝对有他独特的一套。捕鱼前，只对着那群獭拍拍手掌，叫几声，什么声音我们可以想象、模拟，总之是比较亲切温柔而又高亢的，那些獭听到老人的呼唤，便会一溜小跑，几只胆大的，甚至会扯着老人的衣襟，爬上老人的膝盖。这种亲热劲，实在让人羡慕，这哪里是去参加捕鱼劳动啊，这简直就是出去春游嘛，有东西吃，有地方玩，好快乐！

估计因为时间的关系，或者深入群众实践活动还做得不够到位，李郎中没能挖掘到老人是如何将这些獭训练有素的，只有短短的一句话，这句话概括成一个字就是饿。捕鱼劳动隔一天举行一次，活动举行前，将那些獭关在深沟中，不给它们吃任何东西。

简单说来，饿就是獭捕鱼最基本和最直接的动力。

这个老人简直就是个哲学家。他看问题准确而到位，办法简单而又实用。饿了，你就要替我干活，相信他的奖励政策也是配套的，谁卖力干活，谁鱼捉得多，谁就有好东西吃，谁就吃得饱。

布衣我感兴趣的是，那些獭规规矩矩，服服帖帖，它们是如何转变思想作风，甚至工作作风的？要知道它们的本性可不是这样的噢。

《礼记·月令》这样描写：

> （孟春三月）东风解冻，蛰虫始振，鱼上冰，獭祭鱼，鸿雁来。

"獭祭鱼"的通常解释是，獭贪食，捕得鱼后不即食，陈列水边，观赏移时，犹如祭祀。这种现象，后人常用来比喻罗列或者堆砌典故。

若干年前，我还写过《獭祭鱼》的杂文，专门讽刺形式主义。现在看来，仅仅这样理解，还不够准确。

獭基本上就是鱼类的天然杀手，这一点确定无疑。

《孟子》里就讲它"故为渊驱鱼者，獭也"。看来，古人早就认识到獭的本事是深水里抓鱼，这应该是它的特长。

事实上，它们也确实是要将那些捕到的鱼丢在水边的，为数还不少，样子看起来像祭奠。

但它们绝对不是慈悲。

陆宗达先生在解释这个"祭"时，有自己独到的观点："祭"的本义应该是残杀。獭性残，食鱼往往只吃一两口就抛掉，它的捕鱼能力又极强，所以，每食必抛掉许多吃剩的鱼。它哪里是祭鱼啊，它简直就是弃鱼害鱼嘛。

因此，獭的凶悍本性就比较明了：它不是搞形式主义，它也并不是慈悲，它只是在显示自己的战斗能力，它其实就是在浪费和糟蹋鱼类资源。

《搜神记》和《幽明录》中，都有獭变成美女和男子交往的故事，这些当然是神话，虽然能显现出獭有柔性的一面，但不是现实中的獭，它是人们的一种愿望和向往或寄托而已。

回到前提。让这样的獭变成老人捕鱼的帮手，确实是一种新现象，难怪段作家要将它放到诡习中，有点难解释，出乎意料。

进一步讲，老人"饿獭"的训练方法，很有点像我们现在反腐败常说的，将权力关进难以打破的铁笼子里。

獭超强的捕鱼能力，就是权力。会捕鱼没什么不好，但本领不能乱用，獭的捕鱼能力，在老人管理的笼子里，照样发挥得很好，让老人日有所进，生活有保障，而且，獭也改变了原来的那种习性，作息有规律，团队意识强，于己于人于国于家都有利！

依此理，马戏团里的狮子和老虎们，比獭能干凶残厉害多了，但在驯兽师的管理下照样服帖，基本手段其实是和那捕鱼老人一样的。

有笼子真好，笼子就是这么简单和管用。

胆小的吐绶

吐綬

吐绶就是吐绶鸟，蛮有名的。

唐代段成式《酉阳杂俎》前集卷十六《广动植之一·羽篇》这样描写：

> 鱼复县南山有鸟大如鸲鹆，羽色（一曰毛）多黑，杂以黄白，头颊似雉，有时吐物长数寸，丹采彪炳，形色类绶，因名为吐绶鸟。又食必蓄嗉，臆前大如斗，虑触其嗉，行每远草木，故一名避株鸟。

在段作家的笔下，吐绶鸟的外貌还是有些特点的，最主要的是它能吐物，还不是一般的物，而是像锦囊一样美丽的东西。这就奇怪了，难道它是魔术师？显然不可能。

不过，这种神秘现象，不少作家都观察到了。

北宋神宗时的尚书左丞陆佃，陆游的祖父，在他的《埤雅》中这样考证吐绶鸟：咽下有囊如小绶，五色彪炳。吐有时，风不吐，雨不吐，有惊惧的担心，也不吐。

陆佃认为，吐绶鸟吐东西是有特定条件的，刮风不吐，下雨不吐，没有安全感的时候，也不吐。这里，我们也可以这样解读，它的吐绶，是和神经系统有关，当外部条件不具备时，就不会刺激和反射，这种绶就产生不了，也就没绶可吐。

作为医学家的李时珍，显然更想弄清楚吐绶的原理。

在李时珍的《本草纲目》中，吐绶鸟变成了吐绶鸡。几百年下来，人们已经将它驯养了，它成了人们的美味食品：

> 项有嗉囊，内藏肉绶，常时不见，每春夏晴明，则向日摆之，顶上先出两翠角，二寸许，乃徐舒其颔下之绶，长阔近尺，红碧相间，采色焕烂，逾时悉敛不见。或剖而视之，一无所睹。

难怪李是大医学家，观察也真仔细。吐绶吐绶，吐是动作，绶是锦绣，吐不稀奇，绶才是关键。原来，它的绶确实有，是藏在消化袋里的，平常看不见，春夏之间，太阳出来，它会对着太阳展示美丽的锦绣。展览时，头上先出现二寸长的绿角，然后，头颈慢慢地舒张开来，这个时候，绶就出现了，绶的尺寸还不小呢，绶的颜色呢，红绿相间，彩色艳丽。

吐绶的这种展示，有点像孔雀开屏，都是短暂的。人们很奇怪，在杀它的时候，就想弄个明白，解剖，再解剖，但是，往往找不到它吐的绶。这就又成谜了。

暂且将这个谜搁起，让科学家们去解释吧。

布衣我，更关注吐绶鸟的另一个名称：避株鸟。

吐绶鸟，为什么要避株呢？简单说来，因为胆小。

胆小的表现，首先在它寻找食物的时候，一定要储蓄一些。人无远虑，必有近忧，吐绶鸟考虑得真是周到，今天有吃的，明天不一定会有，明天有吃的，后天更不一定会有，一定要有所准备，况且，它有储藏的条件，它胸前的嗉很大，大如斗呢。其次，它担心人家会碰到它的嗉。食物有限，鸟来鸟往，保不定什么东西就碰到它的胸前了，它可不愿意，让辛辛苦苦积累起来的食物毁于不小心，惹不起，我还躲不起吗？我躲人，躲鸟，还躲草木。

也许，傻乎乎的吐绶鸟太可爱了，宋代张师正的笔记《倦游录》还将其说成孝鸟：生而反哺，亦名孝雉。

能反哺的孝鸟，应该不少，好像乌鸦就是。至少，吐绶鸟的品德还是让人称道的。

让布衣再来展现一下生活中的吐绶鸟吧。

晴空下，森林中，一只吐绶鸟很惬意地漫步。它自由自在，吃的，不用愁，昨天就储存了好多，起码可以撑好几天，那就展示一下吧，对着苍天，对着大地，可以尽情舒展，那绶吐得，爽快极了。人类只知我吐绶漂亮，殊不知，我也是生理需求呢，五色锦绣，是我吸天地精华之展现，有吐有纳，生命在于平衡嘛。我不求别人，处处小心，事事注意，远离尘世，为的只是让自己安静而充实，和大自然相伴，我鸣青山，青山应我，山我相融，山我两忘。

这样谨小慎微的吐绶鸟，理应活得很好了，但是，大自然却并不善待它。

吐绶鸟，现在人们叫它黄腹角雉，是中国的特产，栖息于浙江、江西、广东等地。它的数量已经很少了，少到需要国家保护，是国家一级保护动物，濒危和大熊猫一样的。

浙江泰顺乌岩岭自然保护区，是中国目前唯一的黄腹角雉保种基地。

2012年12月25日，有这样一则新闻：乌岩岭自然保护区对外宣布，浙江首次拍到了野外黄腹角雉群聚，数量最多有5只聚集在一起。当然，拍摄者不是人，是装在森林中的红外感应相机。有一段场景描写挺有意思：冬天的乌岩岭上芳香林区，气温已降到3摄氏度，可能是太冷的缘故，有5只黄腹角雉到树丛里觅食，2只公的领头，3只母的跟在后面，沿扇形蹒跚前行，呈退可守进可攻的队形。

因此，它的性格特点仍然描述为：性好隐蔽，喜欢潜伏，善于奔走，常在茂密的林下灌丛和草丛中活动，胆子很小，非迫不得已，一般不起飞。

看来，江山易改，性格难移，吐绶鸟也一样。

食人心之无恙

元代陶宗仪《南村辍耕录》，卷四有《无恙》，说到了两种关于"恙"的动物，让人眼界新开。

《神异经》说：

> 北方大荒中有兽，咋人则疾，名曰猲。猲，恙也。尝入人室屋，黄帝杀之。

《风俗通》说：

> 上古之时，草居露宿，恙，噬人虫也，善食人心，人患苦之，凡相问云无恙。

看来，猲和恙都是非常厉害的动物。

带犬字旁的猲，让人害怕，有如狮子，吃虎豹，当然也吃人。难怪黄帝要杀掉它。

虎豹也算凶狠了，但猲喜欢。没办法啊，谁让猲这么强大呢！森林中，谁强谁就是爷，豺狼怕你，我可不怕你！我是猲，我怕谁啊！

心上蛊，不怎么起眼，却一下子要人命。原始人餐风饮露，草居露宿，已经很不容易，却有个叫蛊的，很喜欢吃人的心。唉，蛊怎么单单喜欢上了人心呢！它基本上就是一种虫子，一种潜伏在草间的害人虫。

个小又怎么样？蛊什么也不怕，它不怕豺狼虎豹，大虫们奈何它不得。它也不怕人，人还没弄清楚它是怎么回事呢，就被它撂倒了。人心，味道鲜美无比，我蛊就是喜欢！

这两种蛊，弄得人们怕了，怕极了。蛊，就是个害人精啊！见面打招呼，首先就问，近来无恙吧！

无恙，无恙，对于人来说，无恙就是最高境界。

但显然，蛊是上古人们虚构出来的动物。

远古的人们，只能向大自然妥协。对他们来说，风雷电，都是天上的神，行事谨小慎微，说不定一会儿神就愤怒了，什么大神都得罪不起。他们只求苟活，能有一口吃的，能有一碗喝的，能有茅屋可以遮风避雨，已经是最高境界了。

所以，我们可以将无恙看作平安的延伸。

所以，我们可以将蛊看作贪欲的害人精。

蛊，拆开来看，心上一只羊，哪怕是一只断尾羊，也不是什么好事，它会让你忧虑，继而让你无虑，再接下去让你胆大包天，全无心肝。

家有万贯财，真不如无恙！

乌贼的悲剧

明代冯梦龙的《痴畜生》，这样描写乌贼：

> 海中乌鲗鱼，有八足，能集足攒口，缩口藏腹。腹含墨，值渔艇至，即喷墨以自蔽。渔视水墨，辄投网获之。

乌贼的英雄事迹，我们已经耳熟能详。从科学的角度讲，冯梦龙那个时候还有认识上的不足。它其实有十足，只是有两足很长很粗壮，估计人们以为那是乌贼的手臂了，关键时刻摆动时，还要靠两臂作主力。以至于它的游泳速度，最快可以达到每小时150公里，远远超过陆地上的凶猛动物猎豹的奔跑速度了。乌贼的另外八足，也有特殊功能，八足集中起来，样子就变成了嘴巴的模样，这张嘴巴的功能也很强大，能合能散，行动自如。乌贼甚至还会变戏法，将临时嘴巴收起，一起收进肚子里。

如果说，乌贼仅有这些功能，那它肯定不会成名。

乌贼的成名来自它受到敌人攻击时。如果，它认为有危险——这种危险来自它平时的判断，是非常要命的那种危险，那么，它会毫不犹豫地喷射出一股浓浓的墨汁，这些墨汁，足够将它保护起来，因为，那些要攻击它的同类，在墨汁中，是难以找得到它们的，而且，这些墨汁还含有毒素，能麻痹敌人，乌贼们有足够的时间脱离危险。

其实，冯梦龙不知道，乌贼不仅有喷墨汁的功能，它的腹中，还含有数百万个红黄蓝等其他颜色的色素细胞，根据周边环境，可以迅速调整体内色素细胞群，以便和环境的颜色一样，简直就是水中的变色龙啊。

乌贼这么能干，可谓很安全了。但是，往往螳螂捕蝉，黄雀在后。

那些渔民就是黄雀。

这些"黄雀"很狡猾，他们太知道乌贼这点功夫了——就你们这点功夫，难道想逃脱我们的渔网？

在乌贼的集聚地，渔民们常常会故意攻击它们，给它们造成有巨大危险来临的假象，引诱乌贼们喷射出宝贵的墨汁。那些墨汁，对乌贼们来说，实在是救命的，如同我们人类，好不容易积聚了一些钱财，这些钱财是为了给子女有一个良好的教育，为了自己有一个舒适的住房，为了自己的身体更健康，也就是说，这些钱是救命钱，不到万不得已，绝对不会动用。于是，你就知道，乌贼的那些墨汁有多宝贵了吧，要好长时间积聚呢。

可是，乌贼们哪里知道，那些宝贵的墨汁，有时候能抵御敌人的进攻，有效地保护自己，但碰到人类，它施放的烟雾，恰恰成了渔民打击的目标。你不喷，我还不知道你的确切位置呢，你一喷，墨黑一片，我们全知道了，傻乌贼，宽宽长长深深的渔网直接撒下去就行了，你们能跑到哪里去呢？难道一下子窜回到马里亚纳海沟？

人真是要比乌贼狡猾多了。

唐代段成式《酉阳杂俎》卷十七中的《广动植之二·鳞介篇》，这样说人们利用乌贼的墨汁：

> 江东人或取墨书契以脱人财物，书迹如淡墨，逾年字消，唯空纸耳。

那欠债的人真是坏，本来就不想还，于是用乌贼汁书写债据。岂不知，乌贼汁比消字灵还好用，一年后，字不见了，债于是也不见了。

近来有科学新发现，研究者们观察到了乌贼还有飞翔的功能。它们还会跃出水面，像鸟一样飞翔，很快地飞翔。

乌贼啊，你能飞，又能怎么样呢？这并不能改变你们的命运，你们注定要成为人类的美餐，人们惦记着你们的食用药用功能呢。

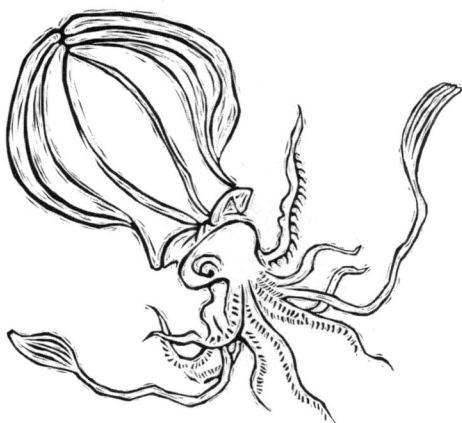

我们和蛙有血缘关系

勾践将要去打吴国，但他没有必胜的把握，原因之一，是他的兵士还没有决一死战的勇气。

唐代李冗的《独异志》，卷中引《越绝书》，说是一只青蛙启发了勾践：有一天，在行军路上，一只大青蛙，鼓着肚皮，似乎很愤怒，双眼挑衅似的瞪着他的部队。见此情景，勾践灵机一动，趴在战车的横梁上向怒蛙致礼。将士们完全不理解最高统帅这样的搞笑行为。越王趁机宣传：我认为，这只青蛙虽然不懂什么战争，但它看见敌人也有怒气，这是在激励我们去打仗呢，所以我要向它致敬！将士们于是勇气大增，终于成就了勾践的霸业。

勾践的灵机一动和后来曹孟德的望梅止渴如出一辙。就战争而言，拼的不仅仅是实力，取得胜利还需要实力以外的东西，谁掌握或挖掘或创造了，谁就主动！

宋代方勺的笔记《泊宅编》，卷七写了两只像气象预报员一样的小青蛙，很是可爱。这种小青蛙，有多种颜色，和树叶一样的叫青凫，在竹林或树林中，能飞快地跑动，如履平地，它的本领是，每每鸣叫，天就要下雨；还有一种墨黄色的，叫旱渴，生活在水塘边，它们一叫，就会天晴。老百姓还常常用它们来卜卦。

千百年来，青凫和旱渴，一直陪伴我们。

那场讨论，我本是不关注的，因为我也经常还在凌晨四时就被窗外的小鸟（以布谷、麻雀、白头翁等为主）吵着，叽叽喳喳的。中午的时候，有人闲聊：六旬老太雇人抓小区青蛙，10元一只。干什么呢？原来是她老人家一听到呱呱叫就失眠，她悬赏捉活的，她要斩杀那些吵她的青蛙。

都是些细枝末节的事，所以有必要复述更多的细节。

二楼。离景观水池直线15米。这么近的距离，夜深人静的时候，蛙声的穿透力直抵老人耳朵。据说那十几只蛙很有毅力，从晚上十点开始努力工作到凌晨四点半左右。于是她连续投诉：她心脏不好，强烈呼吁物业采取行动。

物业非常敬业，他们想了很多办法：赶，向水池里扔几块石子，但没过多久，蛙声依旧；电击，青蛙活动能力蛮强，不可行；药（毒）杀，因为是景观水池，万一小孩子玩耍，很危险；最后一招，捕蛙。物业出钱，一只5元。捕蛙人出动了三次，前两次，无功而返，第三次，晚上10点行动，抓到两个现行，赚10元。两案犯被放生到小区外。可捕蛙人认为钞票赚得太辛苦，不干。捕蛙行动半途而废。

老人家紧接着再打电话到环保局：请问，小区里，如果青蛙叫影响了住户休息，是保护青蛙要紧，还是住户安静休息要紧？环保局答复：住户休息要紧。有了尚方宝剑，她和青蛙较上了劲。找来小区门口收废报纸的，雇他做捕快，捕快虽然身手敏捷，但白天青蛙狡猾无比，不见踪影，老人就要求，把蝌蚪也抓了，斩草除根！青蛙一只10元，蝌蚪一条2元，当场结清。最后，老子一只没抓到，儿子抓了30多条。老人拿上一水桶蝌蚪找保安："你看，蝌蚪都有这么多！长大了了不得！"

对于这样的新闻，一般的报纸都要做后续，因为读者一定会有反应。果然，第二天，就有几百位读者参加到这场讨论中来，有许多是同情派，也有许多反对派，强烈地反对捉青蛙。有不少人出主意，在池塘里放几条金鱼，有干扰作用。还有的要求将捉到的青蛙放到他们小区去。有读者甚至要15元一只，收购那些被捉的青蛙。

当然，这个问题肯定不会得到很好的解决，即便今年解决了，明年又会发生的。那可怜的老太说，青蛙一天不除，她一天不能回家睡觉，目前她只能住在女儿家。

这显然是一个活生生的人与自然产生矛盾的案例。这样的例子，在我们环境日益改善的今天，会不断产生。我们这座城市，前几年就因为野猪的"入侵"而轰动过。

一个很明显的观点是，人与大自然产生矛盾的时候，有许多时候都需要人做出妥协。但环保局的答复非常人性，生态保护和生命相比，肯定是生命重要。在本案中，那个无奈的老太，如果不休息好，她的生命就会受到极大的伤害，如果长此以往，恶果是可以想见的。我们许多读者反对她这么做，最主要的一点是因为读者的头脑里已经有了生态无比重要、生态影响生存这样的观念。然而，老人家未必没有这样的观念，只是她所面对的是一个特殊的种群，这些活泼可爱的无忧无虑的青蛙，于是就成了她的大敌。她和那些严重影响她休息的青蛙此时已是你死我活了。这个时候，老人家无法妥协。

前几天，我在看美国作家贝里著的《经典素食名人厨房》，有一节讲印度耆那教的创立者大雄的故事，饶有趣味。大雄在成长过程中，父母不允许他食用胡萝卜、大头菜、防风草根之类的球根类蔬菜，为什么呢？因为昆虫及其他许多有机体都依赖蔬菜的根部维生，拔除这些蔬菜的根，会对数以百万计的微小生物带来极大的痛苦甚至导致灭绝。此外，大雄及家人们在喝水前，会先用一张特殊的布来过滤，为的是滤出水中的昆虫及其他微小的水生动物。大雄本人，还有他的双亲、姐妹及哥哥，还会一丝不苟地依照戒律，在日落前吃晚餐，以免火光引来带翅的昆虫，使其落到食物上或不小心飞入口中。大雄"尊崇生命"还以这样的方式表现：在静坐冥想时，他会让昆虫类的小动物叮咬他而纹丝不动。今天，世界上大约有400万的耆那教教徒。

他们这样做的前提，我想达尔文的进化论可以解释：所有的生命形式都来自同一源头，所以，不论是鱼还是哲学家都是有血缘关系的同类。

也许扯远了。但我的倾向性也是很明确的，那个和青蛙成死对头的老人家，她脑子里一定没有这样带着某种教徒式的环境观念（其实我也没有），那些老太的反对者也并不是从大雄这个层面来保护青蛙的，但无论从什么角度，都没有关系，只要我们明白这个世界其实就是一个环环相扣的完整有机体，这就够了。

假设，老太看了我这篇关于"血缘论"文章，她会不会好受些？她会不会听到那些蛙声仍然难受得很？权且把那些青蛙当鱼吧，权且把自己当哲学家吧。我相信，有时候，思考的角度变了，难题的解决也是一瞬间的事。

元代杨瑀的笔记《山居新语》中，蛙与人的关系得到了和谐的处理，那些蛙居然会听皇后的命令。

不鲁罕皇后在东安州居住的时候，那个地方有很多青蛙，早晚吵个不停。皇后烦死了，众人也想不出制止的好办法。有天，皇后实在无法，就让人给那些不知疲倦的青蛙下了道懿旨：各位青蛙，你们听着，你们吵得我不得安宁，立即给我停止鸣叫，否则我不客气了！

太监们像模像样地对着满田野的青蛙宣读皇后的命令，宣读完毕，青蛙们全部哑声。

杨瑀说，到现在为止，这个地方的青蛙都不会叫。

呵呵，这当然是传奇了，就如武则天下令百花开一样，是个理想和圆满的结局。

当然，也有很多人是这样解决老太的烦恼的，无论古今。

宋朝官员马永卿，在他的笔记《懒真子录》卷五中记载他做夏县县令的时候，有一天，在莲塘上会客，被蛙声扰得心烦意乱。客人中，有州里的长官，这长官是长安人，就开玩笑提醒道：南方人很喜欢吃这个蛙的！

一只叫"万"的毒虫

在司马光的笔记《蚕祝》里，那个笨汉其实不笨，是大作家假托寓意的。

夜晚的月光下，笨汉站在院子里，心情大好，很想抒发下感情，他朝着那棵大树猛地拍了一掌，哎哟，突然，他缩回了手，仔细一看，是被蚕蜇了一下。笨汉痛得声声叫唤，满地打滚。家人连忙请祝祷师来帮他解除痛苦。

祝祷师到底是有丰富治疗经验的，他也是心理老师，了解下情况，就对笨汉安慰道：你不要以为被蚕刺到了，就觉得是一件很痛苦的事情。你应该这样想，这有什么大不了的啊，不就是被它蜇了一下嘛，这样一想，痛感就会消失，不信你试试看。

笨汉照着祝祷师的话做了，一会儿，痛感消除。笨汉于是就向祝祷师叩头：感谢您，您用什么方法，一下子就解除了我的痛苦呢？

祝祷师笑笑：蚕不是有意来毒你的，是你自己招惹它的；我也没有排解出你的毒，是你自己排解的。招惹和排解，不是我做的，都是你自己完成的。

笨汉于是发出感叹：啊，您说得很对，其实呢，我们这个社会，利害、忧乐也能毒人的，难道只是蚕的尾巴会毒人吗？自己招惹它，自己也能够排解它，世上的事情也就如此罢了。

这样看来，笨汉其实不笨，虽被蚕毒了，但也悟出了道理。

当然，前面说了，这个道理是司马光假托的。

不说道理，单说蚕这只毒虫。

蚕，其实就是蝎子。

在甲骨文里，"万"字是蝎子形态，"万"的本义就是蝎子。

周朝王宫举行盛大宴会时，有一种舞蹈叫"万舞"，就是蝎子舞，舞者左手拿尾刺，右手举铁钳，踩着节拍，一脚，又一脚，围着圈子，左右上下摇摆，缓慢而滑稽行进，当然，他们举着的，都是些道具。

蚕盆，是周朝时候的一种酷刑。如果哪个官员犯罪了，所犯的罪恰恰又符合"蚕盆"的量刑标准，那么，该官员就惨了：有一专用大坑，里面养着大大的蝎子，临刑前，这些蝎子应该是空着肚子的，饿它好几天，然后，将罪犯全身衣服剥光，推下坑，张牙舞爪的饿蝎，挥舞着大毒螯刺向裸体罪犯，没多少工夫，罪犯就在撕心裂肺中死去。

唐代李冗的笔记《独异志》卷下，记载了一场残酷的游戏：北齐高洋帝残酷无比，他的弟弟南阳王高淖献计，将许多蝎子放在一个大斛中，弄个无辜的人，脱光衣服，并砍断他手臂，让蝎子去刺咬，那人的惨叫声一会儿歇斯底里，一会儿哀号婉转，看着那人痛苦的样子，高洋在一边乐得哈哈大笑，他还写信给高淖：有这样快乐好玩的游戏，为什么不早点告诉我呢？

到了东汉，许慎撰《说文解字》时，就将"万"解释为虫。但是个什么虫，他没有细说。

陆游的祖父陆佃，北宋神宗时的尚书左臣，他的训诂学大著

《埤雅》，有一条"蜂"的解释：蜂一名万，盖蜂类众多，动以万计。所以，这个万字的引申义，差不多就相当于现代意义上的"万"了。蜂称万，自然表示数字多，不过，蜂本身也厉害的，大黄蜂也会毒死人。

段成式对动植物都深有研究，《酉阳杂俎》前集卷十七，有《虫篇》，对蝎子作了比较详细的观察和研究。

1. 老鼠身上背着的虫子，有很多会化为蝎子。

这个观察不知真假，老鼠为什么会背虫，虫又为什么会变蝎子呢？不太可靠。我发现，段作家在这个篇章里，经常有荒诞的记录：蜘蛛，道士许象之言，以盆覆寒食饭于暗室地上，入夏悉化为蜘蛛；大麻蝇，茅根所化也；毒蜂，岭南有毒菌，夜明，经雨而腐，化为巨蜂，黑色，喙若锯，长三分余，夜入人耳鼻中，断人心系。蜘蛛、蝇、巨蜂，一定有它们自己的父母亲，不可能像孙悟空一样从石头中蹦出来，饭、茅根、毒菌只能是它们出生的外部条件而已。

2. 蝎的孩子多是自己背在身上的，我（段作家自己）就曾经看见过，一只蝎子，背了十余只小蝎子，小蝎子的颜色是白色的，像米粒那般小。

3. 我（段作家）曾经听张希复说过，陈州地方的古仓里，有蝎子像铜钱那般大，如果咬到人，没药可救。

4. 蝎子在江南被称为"主簿虫"。江南原本没蝎，开元初年，有一个县的主簿去上任，他弄了个竹筒，里面装了若干只蝎子，渡过长江，于是江南也有蝎子了。

5. 蝎子也有害怕的东西，它常常为蜗牛所吃。蝎子只要经过蜗牛爬过的地方，就会被蜗牛留下的黏液黏住，于是就成了死蝎。

6. 谚语曾说，人若犯了过错，满一百次的话，就会被蝎子咬。

这一条简直将蝎子神化，它难道是判官，掌握着处罚人类的律条？

7. 蝎子前半身子叫螫，后半身子叫虿。

段成式确实是个鬼才，知识量太丰富，单这一条蝎，就将我们搞晕了。

蝎子其实也没那么可怕，段作家在《酉阳杂俎》的开篇，就教给我们一个简单的防御办法：三月三日，皇上会赐给侍臣细柳圈，只要戴着这个圈圈，就能够防止虿毒。

我能想象出皇上这个赏赐的前提。

惊蛰了，春分了，万物苏醒，柳醒了，蝎子也醒了。大唐的生态出奇的好，蝎子疯狂生长，这个柳枝，是蝎子的天敌，你们戴上吧，戴头上，像个军人，戴臂上，像值勤官，戴在手指上，那也是一种不错的装饰！

大唐的春季，柳树疯长，无论官民，佩戴细柳圈都成了一种时尚。

"万"啊，收敛一下吧，否则你们的小命不保呢，哈哈！

我不知道万姓是不是以蝎子为图腾的，如果是，那一定很威武很霸道啊，看看，一只攻势凌厉的蝎子，人见人怕呢！

"训胡"的恶 〖訓 胡〗

　　唐代段成式《酉阳杂俎》前集卷十六《羽篇》，写了一种怪鸟：

　　　　训胡，恶鸟也，鸣则后窍应之。

　　段作家的描写，经常这样简略，让人摸不着头脑。语焉不详，要么他对这种鸟知之甚少，只是人云亦云，并没有真凭实据；要么此鸟在当时很有名，家喻户晓，根本用不着多写。

　　这就让人费心思了。

　　训胡，这是一种什么样的鸟呢？当然它是鸟类中的坏分子，不讨人喜欢，或许还是罪大恶极。坏到什么程度？只有定性，没有定量。也就是说，只有罪名，而不知道它犯了什么罪，很有点像秦桧给岳飞定罪。

　　我们可以简单设想一下它的生活场景：训胡居无定所，孤单得很，除了它的同伴，基本没有鸟愿意和它在一起。某天，不知是早晨还是夜晚，它很仔细地观察了一下周围的环境，在确认不影响别人的前提下，它才放开嗓子，向着崇山，对着峻岭，大声地号叫起来，这叫声痛快啊，将憋了一夜的怨气怒气，统统地发泄出来。这

181

场景很像王维的《竹里馆》呀，独坐幽篁里，弹琴复长啸，没有人听到，只有明月来相照。

如果仅仅是这样的叫声，那训胡一定不会引起人们的注意。训胡痛快的叫声，荡气回肠，真的是回肠，因为它的"后窍"会对自己的叫声应之。什么是"后窍"呢？就是肛门吧。鲁迅先生的名篇《从百草园到三味书屋》这样写他玩虫：还有斑蝥，倘若用手指按住它的脊梁，便会拍的一声，从后窍喷出一阵烟雾。

喏，训胡的后窍和斑蝥的后窍，应该都是同一个意思。

训胡的叫声，怎么会让肛门来回应呢？

这应该是个科学问题。训胡自己搞不清楚，布衣我也搞不清楚。但训胡独特的发声原理，一定有它存在的理由。

训胡常在心里嘀咕：我只知道我很讨人厌，可是我并不知道为什么会讨人厌。谁让我长成这个样呢，我这个样子，一定不受人喜欢，没有五彩锦绣，没有动人歌喉，不婉转，声凄厉。但我每天规规矩矩生活，与别的鸟和睦相处，别看我长得个头大，力气也不小，可我不会欺侮其他鸟类，凭良心说，我只会受到它们的嘲讽。我得学会善待自己，我粗陋的声音没人回应，我就让自己的肛门来回应，难道不行吗？你们是不是认为肛门就是脏的地方？脏的地方就不能回应？我就是自娱自乐，没事，应着玩玩。有什么不可以吗？大千世界，难道非得要一个长相吗？

在成长过程中，训胡的内心一定很纠结。但训胡仍然长成了训胡，训胡就是训胡。

有人考证，段作家笔下的"训胡"，说不定就是"训狐"，这"训狐"就是枭，或者叫鸮，就是我们大家都熟知的猫头鹰呢。

查猫头鹰的身世，果真，很曲折，它也长时间蒙受了不公正的待遇。

在中国古代，猫头鹰向来不是吉祥鸟，怪鸱、鬼车、流离、逐魂鸟、报丧鸟，这些外号听听都吓人，它是厄运和死亡的象征。

东汉刘向《说苑》中，著名的《鸣枭东徙》这样描写伤感的猫头鹰：

> 枭逢鸠，鸠曰："子将安之？"枭曰："我将东徙。"鸠曰："何故？"枭曰："乡人皆恶我鸣，以故东徙。"鸠曰："子能更鸣可矣；不能更鸣，东徙，犹恶子之声。"

在这里，鸠简直就是鸟类哲学家，它劝猫头鹰的话，简明而有说服力。猫头鹰认为，西边那个村的人都厌恶它的声音，它没法在那里待下去了，它要搬到东边去。而鸠认为，猫头鹰的本质是声音不好，要么你就闭嘴，你声音不改，搬家又有什么用呢？人家还不是照样讨厌你！

猫头鹰真是苦命。尽管它工作拼命，是动物界的捕鼠劳动模范，但人们也只是利用它超强的工作能力而已，骨子里仍然不喜欢。它真不如喜鹊，虽然那厮只是徒有虚名，不会捕鼠，只会叽叽喳喳搭窝，过自己的小日子，但就是讨人喜欢。

其实，我们远远没有认识猫头鹰的好处。

《山海经·北山经·北次三经》里写到了一种叫黄鸟的异鸟：

> 又东北二百里，曰轩辕之山，其上多铜，其下多竹。有鸟焉，其状如枭而白首，其名曰黄鸟，其鸣自诙，食之

不妒。

这种黄鸟，形状很像猫头鹰，它的鸣叫声像在喊自己的名字，从这种鸣叫的特点看，很像前面的"训胡"：训胡是自己喊，肛门答；黄鸟是自己喊，自己答。说不定都是寂寞闹的。没人理它们，自己玩自己的，自己走自己的路。

最最奇特的是，吃了黄鸟的肉，可以使人不嫉妒。

嫉妒是打倒自己的大敌人，如果能有吃了不妒的肉，那人类肯定会再前进一大步，会少却多少纷争啊。

不管训胡是不是训狐，训胡的恶，训狐的恶，其实都是莫须有。

信天缘和漫画的普通人生

信天缘和漫画其实是两种很普通的鸟。

宋代洪迈的笔记《容斋随笔·瀛莫间二禽》对这两种鸟有记载。

瀛州（河北河间）和莫州（河北任丘）的河塘湖泊上栖息有两种鸟：一种很像天鹅，全身灰白色，嘴很长，长时间静立在水边不动，有鱼从它身下经过时，它就用嘴将其捉住吃掉，即使终日无鱼，也不换地方，它的名字叫信天缘。另一种鸟很像鸭子，经常在水面上游来游去，不停地在腐草泥沙中寻觅食物，一刻也不休息，它的名字叫漫画。信天缘好像很无能，但它面无饥色，身体反而比漫画更壮实。

信天缘全天静立不动，漫画整天游来游去，从黎明开始，到夜晚休息，它们迎来的结果却是一样的，不管你怎么折腾，总算过了一天。

现在，我想从表里两个角度观察一下这两种普通的鸟。

先说信天缘。表面上看，信天缘确实不怎么样。它没有斗志，懒洋洋的，得过且过，似乎衣食无忧。它在想什么呢？仰望星空？这个世界很美好啊，天是湛碧而瓦蓝的，高空中不时有群雁掠过，远方不时传来各种让它动心悦耳的鸟声风声，阳光和煦，大地充满了和谐。俯瞰大地，噢，我站在水中，湖水清澈见底，游鱼追，虾蟹嬉，在这样的环境中，我有何所求？吃？一条或几条鱼，足够了。睡？我根本用不了多少地方！精神活动？我每天都很快乐，我的快乐使我的内心宁静充实，我的快乐你们常人是不能理解的，你们只说我懒，信天缘，我信天呢，子非我，安知我之乐？

因此，我把信天缘看成一种智鸟。它非常自信，这种自信首先体现在个头上，像天鹅样，在普通的鸟类中，它已经很伟岸了，这样伟岸的身材，在鸟中绝对亭亭玉立，就如同姚明，往人群中一站，到哪里都是焦点。它有长长的嘴，这简直就是利器，就好像它是鸟类中的特长生一样，具有很强的谋生能力，无论什么鱼游过来，基本上能很轻松捉到嘴。最重要的一点是，它的自信使得它终日不换地方，换什么地方？根本不需要！只有无能的鸟才经常换地方呢。这湖里鱼虾成群，还怕饿着不成？没事不要跑来跑去，养养神，多些思考，我最讨厌没有思想的鸟了，一天到晚跟在人家的屁股后面，叽叽喳喳，一点也没有自己的想法，可悲可叹！

最终的结果是，信天缘生活得很自在，思想境界很高，身体倍儿棒。它简直就是鸟类哲学家，因此它给我们很多启示啊。

再说漫画。从漫画一天的过程看，它应该是一只模范而勤劳的好鸟。彼意志始终饱满，彼热情始终高涨，基本上是全天候工作，虽然工作内容比较单一，简单说来就是谋生，整天忙来忙去，基本上是为了一张嘴。但你能说漫画格调低吗？社会不就是这么现实吗？起得比猪早，睡得比猪晚，干什么呢？就是为了谋生嘛。我不能老是骑自行车上班啊，我的同事们好多都开上车了，怎么得也要弄一辆，不努力工作还行啊？我不能老住在这几十平方米的房子里啊，我的朋友们都是一百多平米，有的还是排屋和别墅，怎么得也要换换房子，不努力工作能行么？我不能老是让孩子在国内上学啊，我的亲戚朋友们的孩子好多都送到国外去了，怎么得也要让我家孩子去留个学，不努力工作怎么能行呢？什么，你已经是富人了？不要吹牛啊，富人还分小富大富呢，几千万几个亿几十亿几百亿，那个福布斯不是每年都要发排行榜吗？说实话，你们富人的日子更难过，都想富了更富，但富无止境啊。这样说来，漫画和我们人更像，它不仅仅是鸟中的劳动模范。

亲爱的读者，漫画的实质你们其实老早就看出来了，大家都会认为，漫画这种生活方式不值，太不值了，一天到晚，不停地跑来颠去，漫长的时间在画什么？不就是为了一张嘴吗？为了一张嘴，一定要把自己搞得那么累吗？其实，漫画完全可以这样来安排自己的生活：不要整天游来游去，适当休休假，你也要照顾一下信天缘们的情绪嘛；不要不停地寻找食物，和谐社会，吃毕竟不成问题了嘛，干吗这么无节制？也要注意一下环境，鱼啊虾啊等也需要休养生息的，一天到晚不停地寻觅，它们担惊受怕，影响鱼虾成长。换句话说，漫画你自己要想办法提高生活质量，尝试改变一下目前的生活现状！

说离题了，信天缘和漫画这两种很普通的鸟，注定了它们的普通人生，对它们的描述也只是我的臆想而已。或许大自然的安排就是这样，让信天缘静，让漫画动，而这静和动于是构成了一个活生生的大千世界，并没有我说的这么复杂。

因此，即使我们从信天缘和漫画的生活状态中读出一些人生的感悟，也千万要注意，不要简单类比，否则就会陷入虚无主义的境地。我也不是站着说话不腰疼，信天缘禅定式的生活我们其实学不了，丧失了意志或斗志，可不是闹着玩的，就当我闲扯好了。

来自猩猩的……

猩猩

唐代的三位作家，张鷟、李肇、裴铏，他们在《朝野佥载》《唐国史补》《传奇》中，为我们描绘了猩猩的有趣故事，可笑，机智，也可爱。

这是一群生活在安南（今越南）武平县（宋代周密的《齐东野语》卷十四中说是蜀国）封溪中的猩猩。这些小伙伴，无忧无虑，长得很漂亮，像美人，尤其是听得懂人的话，更神的是，还能知往事。

它们却有致命伤，喜欢喝酒，还喜欢穿木鞋子。

看看它们是怎么落入人们圈套的。

人们将酒和木鞋子放在猩猩要经过的地方。起初，猩猩们见了人这种行为，破口大骂：你们太坏了，你们这是引诱，我们才不上当！骂完，大家依依不舍地离开。过了一会儿，见没有动静，它们又来到酒和鞋子的边上，大家试着穿上了木鞋子，很合脚啊，哒哒哒，真好玩！又商量了一下，还互相鼓励：喝一点没关系吧，反正人也不在了，也许人家是好意呢，我们又不喝醉，管他呢！于是，小伙伴就像《水浒传》中，黄泥岗上押着生辰纲的那些公差一样，不管杨志怎么劝，还是喝了酒，越喝越开心，喝着喝着，就不省人事了。脚上套着双木鞋，走路跟跟跄跄，自然要绊倒了。

猩猩喜欢酒，但是酒量估计有限。有了这样的弱点，捉拿猩猩，还不是十拿九稳的事啊。

人们将捉到的数百只猩猩，一起关在用木栏做的槛牢里，稳当得很，谁也跑不了。人们想吃就吃，每天吃几只，吃它的唇——猩唇可是名贵得很。只是，唇亡齿寒，唇没了，猩猩们也活不了。

人们每次来牢里捉猩猩的时候，众猩猩的举动是，一起将肥胖者推到槛牢口，大家还流泪满面，不舍地告别。

想知道它们这个时候会说什么话吗？布衣猜测不外两个意思。

一个意思是，你长得结实，是人需要的那种，不是我们大家心狠，即便我们不推你，人也会在我们的群中将你找出来的，你就安心地去吧。

另一个意思是，反正我们都要死，我们的前辈有多少死在人的嘴上啊，你早死早解脱，不要有所顾虑了。因为它们能知道过去的事，知道历史，历史就是这样的弱肉强食。

对于猩猩们这样的结局，李肇评论说：

> 尔形唯猿，尔面唯人。言不忝面，智不逾身。淮阴佐汉，李斯相秦。曷若箕山，高卧养真。

尽管你们的样子像猿，面孔像我们人类，但是，你们说的话不能让你感到羞愧（骂人类引诱，却又自愿上当，就是没有羞耻感吧），你们的智慧不能保护你们的自身（能知往事又有什么用呢，只是小聪明而已）。韩信辅助汉朝，李斯协助秦国，结局怎么样呢？还不都落个悲惨下场，这哪里比得上隐居在深山，躲在高处修养身心来得愉快呢！

李肇是在说猩猩吗？是的，但是有隐喻，这是说给人类听的。对许多王朝来说，那些拼了命打天下的骨干，与帝王只可以同苦，不可以同甘。狡兔尽，良弓藏，世上只有一个皇帝啊，这就是赵匡胤们杯酒释兵权最好的解释：我真是吃不好睡不香，万一有一天，你们的部下也拥戴你们来个陈桥驿黄袍加身，你们怎么办？所以，最好是隐居在深山，与世无争，修养自己。

当然，也有例外的猩猩。

这只猩猩，还真有点像韩国的"都教授"。

有人送了一只猩猩给封溪的县令，送去的时候，笼子是用大头巾盖着的。县令问：送的是什么东西啊？人还没回答，笼里的猩猩先回答了：只有小的我，还有一壶酒罢了。县令笑了，这小东西，调皮呢，很喜欢它，就把它养起来。这只猩猩真的很能干，能传递话语，代替县令发指示，比人都强。

这位"都教授"深知自己的命运，所以，给它一个机会，他就展露自己，先声夺人，这才赢得了县令的喜欢。在工作生活中，他处处小心，显示出它的成熟。人类之间，最难的是语言传递了，一不小心，错解或误解主人的意思，或者引起别人的不满，那会引来多少麻烦，你能保证主人有足够的耐心来听你的解释？能力超凡，更不能轻易卖弄，只有掌握火候，恰到好处。你比人类聪明，你能保证人类不嫉妒？

其实，猩猩们喜欢喝酒，穿木鞋，这是动物的可爱天性，将心比心，要是我们自己嘴唇被割，嘴上缺一块，哪怕一小点，都会遗憾终身的。

裴铏笔下的猩猩，助人为乐，而且爱憎分明。

唐朝宝历年间，循州河源，有个叫蒋武的，是个打猎高手，熊黑虎豹，都是一箭毙命，名气大得很。

有一天，蒋武家的门，急促地响了起来。

蒋开门一看，是一只猩猩，这只猩猩骑着一头大白象而来。他知道猩猩会说话：你和白象一起来敲我家的门，有什么事吗？猩猩说：象有难，知道我会说话，所以带着我向您求救来了。

蒋武一听，估计它们碰到了大问题：你们有什么困难，就直接说吧。

猩猩就详细告诉了它们来的缘由：离这两百来里地，有个大山洞，洞中有条大蛇，这蛇有数百尺长，蛇眼像电光，牙齿像锋利的刀刃，经过那里的大象都逃不掉，已经有上百只象被吃了，一点办法也没有。我们知道您是个射箭高手，希望您能用毒箭射死蛇，如果能除掉大蛇，我们都会报恩的。

猩猩的话一说完，那头白象就跪在地上叩头，泪流满面。

猩猩对蒋武再恳求：如果您答应，就请带上弓箭和我们一起去除蛇吧。

蒋武听了诉说，有些感动，就用毒汁将箭头浸好，和猩猩、白象一起出发。到达山前，果见山洞里面，蛇的双目，光能射出数百步，很恐怖。猩猩说：这就是蛇的双眼。蒋武非常愤怒，运足气，搭弓一箭射出，正中蛇眼。

箭一射完，那象就驮着蒋迅速跑开。过了一会，就听得山洞中如雷的声音响起，那大蛇痛得跳出山洞，尾巴一路扫荡而来，经过之处，所有树木草丛就如火烧过一般。蛇痛得打滚，一直颠，一直颠，到了傍晚，终于死去。

蒋武跑进大山洞看现场，象骨与象牙，堆积成了小山。

这个时候，有十头大象，用长鼻各卷着红牙一枚，跪着送给蒋武，蒋武很高兴地收下了。猩猩见除了蛇，也告辞而去。蒋武于是坐着先前驮他而来的白象，带着象牙而回。

这些象牙都很值钱，蒋武要发财了。

第二天，又有一只猩猩来到蒋武家。

这只猩猩是骑着一只老虎来的，它们带着金钗和臂镯共数十只作为礼品。猩猩告诉蒋武：此老虎，一家三口，住在一个山洞里，忽然遭遇一只黄颜色大兽的侵害，大兽抓住虎的耳朵，将虎的脑袋捣成了肉酱，它家的另外两位已经遇害。昨天见您替那帮大象解除了痛苦，所以特来相告，希望您能帮助这只老虎。

蒋武一听，马上带着弓箭，要和它们一起去。

刚要出门，昨天来过的那只猩猩，突然赶到：恩人啊，昨天，五只恶虎一共吃了数百个人，天上突然下来一只神兽，吃掉了其中的四只。今天如果您和它们一起去射那神兽，就是助纣为虐。您仔细看看它们送来的金钗和臂镯，就可以知道，它吃了多少妇人啊。这只骑虎而来的猩猩，是和恶虎同一伙的。

蒋武一听，感觉受骗，很惭愧，对先前那猩猩说：幸亏你提醒，不然我要犯错了。他挟起弓，朝那恶虎，一箭射去，虎立马毙命。然后，他一脚撂倒那猩猩，并将那些金钗和臂镯挂在门口，让老百姓来认领。

村里的百姓陆陆续续来认领金器：就是，就是，我家的娘子就是被那些恶虎吃掉了。

看来，猩猩也分好坏，关键是和谁结伴，被谁利用了。

鼋将军

鼋就是大鳖。小鳖天天见，鼋却和大熊猫一样珍贵。

一千多年前，在中国南方的湖泊沼泽中，鼋却是很常见的。

明代谢肇淛的《五杂组》卷之九物部一，写到了多种性格的鼋。

古代老百姓将鼋视作美味。把鼋杀掉，将它们的肉悬挂在屋外的架子上，估计是鼋大肉多，一时半会吃不了，将其风干。这些被悬挂着的鼋，如果边上没人，便会将肉伸展，自由得很，听到人声，就会缩回去。甚至将它们的肉都剐尽了，只要肠子还和头连着，就能好几天不死。这是不是神经末梢的作用，不得而知，反正它生命力极强，九死一生。更奇怪的是，这个时候，如果哪只不识相的大鸟飞过来，以为吃到了美味，一定会被鼋反咬。看看，自卫能力这么强大。

有趣的事接踵而来。

先看一只自以为是反而送命的愚蠢大鼋。

在广陵的沙滩上，有只大水牛很舒服地躺着。这个时候，宽阔的水面上，有一只席子一样大的鼋正浮出水面，悄悄地向水牛逼近。牛发现了大鼋的企图后，急忙起身应战，水牛的战术是，围着大鼋转圈，用牛角奋力触大鼋，几个回合下来，大鼋被水牛拱翻。

大有大的好处，大也有大的不便，大鼋面朝天以后，很难翻身。江边洗澡的人群，观看了这一场恶战，当然，大鼋也就成了人们的美味了。

再看一只勇敢聪明而重获生命的大鼋。

仪真有个渔民，用网抓到了一只大鼋。渔民将鼋弄回来后，一时半会没有处理，就将鼋的脚用绳子捆牢，丢到猪圈里，准备第二天再杀。夜晚，一只老虎蹿进猪圈。此虎估计见识少，或者是新手，根本就没见过猪嘛，它将大鼋当作了猪，就去抓大鼋。大鼋虽然脚被捆牢了，可它有嘴啊，它的厉害之处就是嘴，于是，大鼋就一口咬住老虎，死死不放，老虎起先是挣扎，后来，挣扎也没有力气了，就倒在地上，大鼋和虎就这么僵持着。天亮后，主人发现，叫来了好多人，大家合力将老虎拿下。众人都认为是大鼋的功劳，有这么大的功劳，我们怎么能忍心吃它呢？于是，解开绳子，将大鼋放回江中。

孙悟空一行取经途中，遇到许多成精的动物，牛精虎精蛇精蜘蛛精蜈蚣精，大多害人，但也有帮助他们的。过通天河时，滔滔江河，又没有船只，怎么办呢？有了，一只大鼋，向着无助的僧人们游来，不管它是不是观世音派来的，终究它来了，这是一只巨大的鼋，一只生活在通天河的领袖鼋，一只保卫通天河的将军鼋。有了巨鼋那宽宽的背脊，唐僧师徒，甚至包括白龙马，都很安然地渡过。

无锡鼋头渚，三面环湖，那一块巨石，如威武的巨鼋，挺立在太湖的碧波之中，它简直就是太湖的保护神啊！

在孔庙奎文阁稍前的东西两侧，有两座御制碑亭，两通露天巨碑，导游都叫它们"龟驮碑"，东边是成化碑、洪武碑，西边为弘治碑、永乐碑。这些石碑高6米多，宽2米多，碑的底座，龟趺，高也有1米多。实际上，驮碑的动物并不完全是龟，陪同我们的文物专家说，这是一种似龟非龟的动物，叫赑屃，它是一种神话动物，是龙王的四太子。关于这个四太子的爱好，却有不同的说法。清代高士奇《天禄识余·龙种》说：俗传龙生九子，各有所好，一曰赑屃，形似龟，好负重，今石碑下龟趺是也。而明代李东阳的《怀麓堂集》则说：赑屃，平生好文，今碑两旁文龙是其遗像。

我家边上，大运河杭州终点的拱宸桥下，南北方向各有两只大赑屃卧着，我每天晚上走运河时，都忍不住要朝桥下看两眼，去的时候，看北边的两只，回的时候，看南边的两只，它们静静地，睁着大大的眼睛，以卧姿盯着前方来船。这些龙王太子，挺有责任心，日夜守护着大运河。

不管怎么说，这个和鼋一样身材和性格的四太子，都是讨人喜欢的，善于负重，而且长寿，还爱好文学，喜欢文字，真是能文能武，难怪皇帝们立碑往往要借助于它。

按照科学家的研究，大鼋们已经在地球上生活1.75亿年了，现代的环境很难让它们有立足之地。中国目前只有不到200只鼋，其中80只生活在鼋的故乡——浙江青田县的瓯江边。青田有一个省级鼋自然保护区，就在明代大文豪刘伯温隐居读书的石门洞边。说是保护区，但要见到鼋，还是很难的。当地媒体最近有这样的报道：根据县水利局鼋自然保护区办公室的目击鼋情况备忘录显示，除了2002年发现那只1.9公斤的幼鼋，10年来也只有7位渔民曾经在瓯江河段目击未经证实的"鼋",基本上,鼋在水面停留一两分钟后就潜入水中。

刘伯温隐居的时候,瓯江边会不会有许多鼋出没,成群结队,浮游上下,那是怎样的一种情景?刘伯温一定神往。尽管,他的《郁离子》写了那么多的动物,但是,他没有写鼋。

如今,鼋少了,鼋的故事也少了。

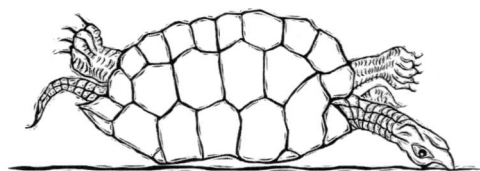

鸦和鼠狼救子

鸦鼠狼

五代孙光宪，著有《北梦琐言》，这是他在江陵为官期间写的。后世评价其写作态度严谨：每听得一事，都要再三考证，确定无疑后方才下笔。

所以，我这里叙述的两则动物救子故事，可信度应该比较高。

先说乌鸦救子。

鸦的形象总是不太好，卷十《京兆府鸦挽铃》中却颠覆了，这只机智告状的鸦，不仅成功报案，还使捕鸦雏者丢掉了脑袋。

故事是这样的：

唐代的温璋，做京城长官，管理严酷，坏人动不动就被杀，满城都怕他。

有一天，温长官的办公大厅外面，响起了急促的铃声，按常规，那是有人告状了。下属跑出去一看，哎，没有人呢。怎么回事？过了一会，铃声又响了起来，又一看，还是没有人呢。到底怎么回事？又过了一会，铃声再响了起来，再一看，还是没有人呢，但仔细一瞧，一只乌鸦在焦急地扯着铃的绳子呢。

下属立即向温长官报告这样的稀奇事，乌鸦告状，新奇。温长官见多识广，立即断定：一定是有人掏了它的窝，鸦的孩子被人捉走了。

鸦的事也是事，雏鸦被害，人作的恶，事关社会伦理道德。官差火速出动，报案鸦在前面超低空盘旋飞行，一路引着官差到了城外的树林间，果然有人在捣鸦的老巢，捉它的孩子。那捕鸦人，扬扬自得，还靠在树下休息呢。

人赃俱获，捕鸦人束手就擒，送往官府处理。

因为鸟类诉冤，事情不同于往常，杀鸟孩子，也是大罪，立即枪毙！

捉鸦人被处死，雏鸦遇害大仇总算报了。

岔开一下。

类似上面的情节，在宋代朱弁的笔记《曲洧旧闻》卷十中，也有鹳雀向县官求救，救它的孩子：

仇长官曾做东州下面的县官，他上班的时候，发现一只鹳雀飞来，不肯离去，第二天又来。仇长官就让工作人员跟着鹳的路线找，果然，一棵大树上面的一个窝里，有它的一群孩子，而下面有人在砍树。工作人员将伐树的带到了仇长官面前。长官问：你为什么砍树？答：拿去卖啊。问：这棵树能卖多少钱？答：五千。仇长官就将自己的五千钱给了砍树的，并且告诫说：这只鹳鸟连日来都向我求救，禽类都知道保护自己的孩子，你不要再砍了，不然，会大祸临头的。

显然，这仇长官更人性，他也体谅百姓，要生活，总要赚钱，他自掏腰包，劝诫砍树人，既保护了小鹳，又保护了大树，还教育了砍树人。一举多得。只是他自己掏了钱，恐怕下几个月的生活要节俭一些了。

再说鼠狼救子。

卷十二《鼠狼智》中，鼠狼父母为救孩子，显现出真正的智慧和勇气。

宰相张文蔚的庄园，在京城东边的北坡上。

张家庄园内，有一个比较大的鼠狼窝，一对鼠狼夫妇养有四个孩子，它们无忧无虑地生活着。有一天，鼠狼夫妇外出找粮食，突然来了一条大蛇，这蛇大概饿极了，钻进鼠狼窝，一下子就将四只小鼠狼吞了。

事发突然。鼠狼夫妇似乎预感要出事，外出没多久就往家赶，等它们回家时，发现家已被大蛇占领，四个孩子也已遭难。

鼠狼夫妇虽救子心切，但还是忍住悲痛，沉稳应对。

它们想出了办法。

在窝外面，它们奋力堆土，将蛇堵在窝内，然而，洞口却不封死，留一个小口，恰恰可以引诱蛇头钻出，它们知道，这大蛇在里面待不了多久，一定要跑出来的。它们在等待时机。

过了好些时间，那大蛇许是不耐烦了，将头伸出洞外，见没什么事，又将身子一点点地挪出来。哈哈，一半出来了，估计大蛇再也转不回去了，突然，鼠狼夫妇合力出击，将蛇的身子当腰咬断，并迅速拉开蛇肚，将四个孩子衔出。

嘿，真是命大，那些小子还活着呢。这一对聪明的夫妇，立即将孩子转移到安全地带，用嚼碎的豆叶，敷孩子的伤口，当然，小家伙都挺过来了，很健康。

鼠狼夫妇，仍然带着孩子，在张家庄园快乐地生活着。

故事很精彩，也很另类。

相较而言，鸦救子，靠的是鸦的智慧。因为鸦知道，它并不能将那掏窝人怎么样，甚至威吓都没有用，弄不好会害了自己的命。但鸦清楚，这座城市里，有一个人人都怕的长官，这长官有可能会为它做主的。

温长官严格执法，连动物也敬仰。虽然玄乎，但也不是毫无根据，动物碰到困难时，的确会向人求救，所以，即便有些夸张，仍然合理。

在鸦救子里，我们还可以读到其他的信息，就是，官员执法还有随意性。李世民曾经感叹，贞观年间，全国执行死刑的人其实并不多，有的地方，甚至都不知道死刑了。但，这个温长官，却有点随意杀人，因为捕捉幼鸟而被执行死刑的，亘古少见。

鸦的杀子之仇是报了，但是，这样的法律能长久执行吗？

和鸦相比，那鼠狼夫妇，是真正的智勇双全，它们完全靠自己的力量，将敌人置于死地。

人和动物的区别，除了会制造并使用工具，就是会复杂思考。但有的时候，动物的智慧，人也有比不过的。日本科学家曾经训练过的一只黑猩猩，人的反应速度远没有它快捷。所以，鼠狼夫妇应该是高智商，它们首先要考虑的是，怎么样杀死敌人，这是第一位的，而面对比自己凶猛得多的对手，不能硬拼，只有智取，只有想出意想不到的办法才能制胜。

如果能将蛇肚子咬破，它也必定死亡，那么，它们的孩子还有救出的希望；即便没有希望，杀死大蛇，孩子的尸体总归可以找全的。

所以，鼠狼夫妇在设计第一个动作的时候，也一定考虑到了下一步，两计连环，环环相扣，它们的孩子才有可能救出。

当然，促使鸦和鼠狼如此行动的，一定是爱子心切。

人类和动物一样爱子，这种感情融化在血液里，与生俱来，当然也是本能，是大爱，所以它会爆发出前所未有的、连自己都会惊奇的智慧和力量。

　　然而，人类在大规模捕捉动物的幼类时，很少有人会考虑动物这种大爱。有时甚至连人类自己的大爱，也表现得很自私，只管自己的，别人的就顾不了那么多了！

鱼 庙

南朝宋刘敬叔的《异苑》卷五有《鳝父庙》，看一条鱼如何变成"神"。

绍兴有个石亭埭，路边有棵大枫树。此树中朽，有大洞，每当落雨天，大洞里就贮满水。

有一天，某鱼商载着一车鳝鱼经过，见此大洞，感觉好玩，就捉了一条放进洞中。村里的老百姓看到这条活灵灵的鱼，都说是神，因为树中不可能长出鱼来的。于是，大家就在树旁建起了小庙，杀猪宰羊祭祀，每天都有人来。这个地方，大家都叫它"鳝父庙"。人们遇事有祈请，据说还挺灵光。

后来，鱼商又经过这里，一看，不得了，这条鱼，生活得还挺滋润，肥壮了不少。他知道这鱼不是神，产权还是他的，于是就随手将鱼捞走，烧了做鱼汤喝。这个庙因此也荒废了。

一个鱼商的无聊之举，造就了一个香火挺旺的庙。

这样的神为什么也灵光呢？其实不是神灵，是人们的心理达到某种平衡，自然就有效果了，本来就没什么大事，是心里过不去。

树中当然不会长鱼，缘木求鱼的那种鱼不算。但人就不会放进去吗？对于突然出现的事情，弄不明白，于是就膜拜。

不仅仅是鱼，在村人眼里，什么东西都可以成为神的。

神原来是自己造就的。

其实，某种程度上讲，我们都是村人的后代。

东晋干宝的《搜神记》中，有"张助"一节，和上面那条鱼，极为相似。

南顿县民张助，有天在田里种庄稼，看到了一个李子核，本想拿走，回头一看，旁边有一棵桑树，树上有空洞，洞中还有些泥土，就随手将李子核种在桑树洞中，又顺便弄了些水，浇灌了一下。

后来，有人见桑树中生长出李树来，就大为惊奇，迅速互相传播。有个得了眼病的人，到李树下乘阴凉，他还一边祷告：尊敬的李树神啊，如果您给我治好眼病，我将用一头猪来祭祀您。眼痛不过是一时的小病，不用医，也会慢慢好的。过了一段时间，那个人的眼病就好了。然而，人们却越传越神，说李树能保佑人，瞎子都能复明，这棵李树于是远近闻名。李树下常常是车水马龙，祭祀的酒肉摆得到处都是。

过了一年多，张助出远门回家了，看到李树下的祭祀场面，大为吃惊：这棵树有什么灵啊，这不过是我顺手种下去的李树。于是，他就将这棵李树砍了。

看来，除谣言最有效的方法，就是将真相揭露。

恩义鸭夫妇

明代顾起元的笔记《客座赘语》卷九有《沈氏鸭》，从动物的恩爱中我们可以得到不少启示。

顾作家的朋友沈之问，他家养了两只鸭，一公一母。

有一天，他家要将那只雄鸭杀掉。他事先用笼将雄鸭罩好。母鸭随即就绕着笼子转起来，赶也赶不走，喂它食，也不吃。杀好雄鸭，用滚开水褪毛，那只母鸭忽然哀叫起来，又突然一头扑进汤盆中，歪着脖子就死掉了。

见此情景，沈家大吃一惊。他们很可怜这一对鸭夫妇，将它们合葬在屋后的竹园里。从此以后，沈家就不吃鸭了。

动物恩义的故事，古代不少见，但基本都是讲因果报应的。

这一则鸭夫妇却不是这样，我们可以将它看作社会新闻，有很强的真实性。因为恩爱也是动物的本能。老公死了，我活着还有什么意义呢？不如一起去死。这大概就是母鸭的简单思维逻辑，它和祝英台一样，对爱情很执着，认死理，不求同年同月生，但求同年同月死。

也有动物不讲恩义的。

有活取猴脑的场景，活灵活现。一只大笼子里关着一群待取脑的猴子，屠夫来了，要抓里面的一只，那只被抓的就拼命往里缩，众猴见状，齐齐地将那猴子推出。毫不留情。

我住所的附近，有中国刀剪博物馆。有次，进去参观了一下，一圈下来，什么也没记住，只在一把标有"猴脑剪"的展柜前停下了脚步。

该剪其实也没有什么特别之处，形体并不大，中等偏小，只是刀口部位略尖而已，如果没有文字说明，绝对不会想到它是专门用来取猴脑的。

剪刀的历史已经有几千年了，这把剪既没标明时间，也没标明产地。但所有的都不重要，重要的是它曾经作为一种普通工具而生产，重要的是许多地方曾经有活吃猴脑这道菜。

冰冷的猴脑剪，没有任何表情，静静地躺在大运河畔的博物馆里。

因此，我们是不能怪众猴无情无义的，因为，活命也是动物的本能。

谊　鸟

中唐作家沈亚之（字下贤）在笔记《沈下贤集·谊鸟录》中，写了一种可爱的小鸟，在大自然的环境中，极讲团结和义气，但被人为豢养后，却互相搏斗，改变了性情，让人很有些伤感。

小鸟的性格，一切都因为贡品而改变。

盛唐蔚蓝的天空下，国丰民富，人们更注重精神生活。京城长安的东南方向，有一个商县，那里生活着一种鸟，因重义气而闻名，人们都叫它谊鸟，就是讲友谊讲友情的鸟。

谊鸟们生活在茂密高大的树林中，毛色青绿，脖颈上有花纹，体型不大不小，矫健灵活，招人喜欢。

一般的鸟都是自个儿筑巢，自个儿过小生活，一对小夫妻，再生一大群娃，整天忙东忙西的，其乐融融。谊鸟们却不是，它们喜欢过集体生活，它们往往选择几棵相邻的枝叶密集的大树顶，再准备充足的建筑材料，精心设计和布局，将巢建得很宽敞，几百只鸟集中居住。福建和广东的土楼，保不准灵感就来自谊鸟们的原始设计。

集中居住的好处自然很多。南极的企鹅，几十万几百万只聚在一起，抱团取暖，壮观得很。春天哺育幼鸟的时候，每当外出捕食的鸟儿带回了食物，总是先给幼鸟和病鸟吃，跟照顾自己的孩子没有什么区别。一只鸟这样做了，其他鸟也这样做，不自私，不自利，一切以友谊为重。小鸟们可以随意串门，哪里有饭就吃哪里，几百只鸟生活在一起，就像一个大家庭。

讲义气，又长得好看，就被人类盯上了，有人要捕捉它们，送进宫中，让皇家也来欣赏体验谊鸟们的友情。

秋天，密林深处，捕鸟人将罗网张好，在一边静静地等待。

谊鸟们在大自然间生活得无忧无虑，丝毫不担心还有罗网在等着它们，嬉戏间，突然就有鸟撞到了网：救命！救命！颠啊，扑啊，喊啊，怎么也挣扎不掉，这网是很结实的，网眼也细密，头一撞进，再也脱不掉，脚一误踩，再也脱不离。这只可怜的谊鸟，挣扎久了，体力耗尽，倒挂在巨大的网中。

陷进网眼中的谊鸟，如果就这样悲惨地死去，显然和其他的鸟没有区别。这个时候，那些陆续回家的谊鸟们发现了，它们一边呼叫同伴组织救援，一边奋不顾身地冲下来营救。可是，谊鸟们实在不是捕鸟人的对手，它们想用集体的力量撞开网，撞破网，然而，不幸的是，越来越多的谊鸟被网线套住。

见此情景，捕鸟人却在一边偷着乐，他们还没有想到收网，他们要等更多的谊鸟落网。谊鸟们不是特别讲义气吗？它们的义气，显然让捕鸟人越来越开心，成群结队的谊鸟赶来营救同伴，纷纷落网。

好了，谊鸟们就这样集体落进了捕鸟人的圈套。经过严格的选拔，少数谊鸟就当作贡品送进了皇宫。

这谊鸟自然好玩了，聪慧灵敏，无论体型还是毛色，都非常适合娱乐。

别看谊鸟长得漂亮，其实，它们还有很强的战斗潜质。宫人们训练它，让它听人使唤，叫它干啥就干啥，然后指挥它搏斗：让谊鸟和其他鸟斗，让谊鸟和谊鸟自己斗。搏斗只能得到残酷的结果，或者遍体鳞伤，或者你死我活。皇帝乐了，宫人们也乐了。谊鸟们却带着伤痛，内心在滴血。

仅仅搏斗取乐，怎么能满足权贵们日益增长的娱乐需要呢？

看后宫嫔妃们的创新：用彩色的丝线编结彩带打扮谊鸟，在它们的脚上系着像帽缨子似的垂带，又用绛红色的丝绸缠绕在它的尾巴上，挂着叮叮作响的金属，就如人们佩戴的饰物。一切都扮完了，这些可是活蹦乱跳的小鸟哎，要多好玩有多好玩。谊鸟们你看看我，我看看你，自己也认不出自己来了。我们这么好斗，我们这么世俗，我们还是那讲什么友谊的谊鸟吗？

谊鸟们自己有疑问，作家沈亚之当然更有疑问了。

沈作家于是感叹：我小时候经过商山，就从老人们那里听到了谊鸟的事迹。如今我去蓝田，邮夫们却纷纷传唱"谊鸟成了贡品"。我刚听到这个消息的时候，还非常高兴，这些讲义气的谊鸟，最终还是被皇家所赏识，所宠幸，那些恶鸟应该感到羞愧，你们做了很多坏事，皇帝当然不会重用你们了，比比人家谊鸟，你们找棵大树撞死算了！但是，当我听说谊鸟们进宫后的实际表现时，心情一下子就不好了，很不好，假使谊鸟们改变美好的本性，而与凶残的搏杀者为伍，以博皇宫一时之娱乐，这就跟谊鸟的大义毫无关系了，这真是不应该，真是不应该啊！

沈作家感叹的仅仅是谊鸟吗？显然不是，将鸟换成人，一样也合适。

这位中唐著名的传奇小说家，元和十年（815）的进士，著名大文豪韩愈的弟子，这位和李贺、杜牧、李商隐都有唱和之作的优秀诗人，立志报国，却一生穷苦困厄。

沈亚之写的是谊鸟，喻指的却是自己这一类壮志难酬的读书人。

不过，布衣倒觉得，与其做贡品，不如仍然做心中有仁的林中谊鸟算了。

捕雁者说

雁

五代作家王仁裕的笔记《玉堂闲话》里有《南人捕雁》，记载那些南方人，是怎样一步步设计捕雁的。

淮南人，评事（估计是管理犯人一类的监狱长）张凝，以自己的亲身经历，告诉了王作家生动的捕雁过程。

捕雁呢，其实很简单。任何动物都有它的生活习性，我们只要观察注意它的习性就行了。这些雁，晚上都栖息在江或者湖的岸边，那些地方的小岛是它们的最爱。雁们喜欢群居，动不动上几百上千只聚集在一起。它们的等级森严：大雁居中间，它们身强力壮，别的雁见了都害怕的；外围一圈一圈是其他个头的雁；最外面的，是等级最低的雁，被称为雁奴，如同人类一样，也有主人和仆隶之分。这雁中奴隶干什么呢？就是担任警戒，保护雁群的安全。

什么时候捕雁成功率最高？我们往往会选择天色阴暗，或者没有月光的晚上。这个时候，雁们的警惕性最低。也不是说雁们不警惕，其实是我们用方法消解了它们的警惕。

出发前，一般要准备几样东西，简单得很，因地制宜就行了：一个瓦罐，几根蜡烛，一根大木棒。

先将蜡烛点燃，放到瓦罐中，然后屏住呼吸，悄悄地行走。接近雁群的时候，就略微举一下蜡烛，然后立即藏起来，那担任警戒的雁奴，看见丁点火光，非常警觉，立即惊叫，全体雁群马上醒来，过一会，见没什么动静，大雁才权威地发声：没事没事，大家继续安心睡觉吧，那什么，雁奴，你们一定要提高警惕，否则雁法从事！

我们等啊等，等雁群全都安定下来，这时，我们又举起蜡烛反复几下，那雁奴的警惕性还真是高，它们又一次尖叫：大家醒醒，有人！有人！

接下来的场景，你们可以想象，那雁群一定是大乱一阵，然后安静，而大雁不高兴了，大声训斥：雁奴，你们能不能将消息报得准确一点？别动不动就大惊小怪，还让不让我睡觉了！下回再这样瞎报警，我就不客气了！第二次是警告，第三次就是挨打。

一而再，再而三，三而四，麻痹雁们的过程差不多了，捕雁人握紧手中的大木棒，准备吧，应该差不多了。

再举起蜡烛，光明正大地向着雁群靠近，举起大棒。那雁奴，其实又看见火光了，还看见人了，看见人握着木棒了，但是，它不敢叫了，它怕大雁骂它打它处罚它，还是自己逃命吧，悄悄地溜掉。

就在雁奴撤离的时候，雁群还在集体梦呓，有的说不定正做着美梦呢。嗵、嗵、嗵，捕雁人的大棒呼啸着横扫昏睡的雁群，一扫一大片，雁们在惊醒中惨叫，失散，逃离，雁群死伤无数，捕雁人大获而归。

对王作家这样的描写，北宋作家徐铉的笔记《稽神录》也以志怪来佐证：

海陵县东边的老百姓，很多人都以捕雁为业，他们的做法是，家里经常养着一只媒雁，但是，他们将雁的六根大羽毛全都拔掉，既为了防止雁飞走跑掉，更重要的是要用羽毛来引诱别的雁。

有一天，怪事出现了，一只媒雁突然对主人道：我给你赚来的钱够多了，你放我回去吧。此雁话一说完，便腾空而去。这家主人吓得不轻，从此就不再捕雁了。

有人停止捕雁，但有雁的地方人还是会继续捕的。古今都一样。

钱塘江边的沙洲旁，水草茂盛，鱼虾丰富，是雁们休养生息的好地方。虽然早有保护法，但当地少数人仍然要偷捕。他们早已不用那蜡烛举火引诱麻痹的原始方法了，很干脆，用网——偷偷地在雁们经常聚集的地方，张上网，网眼细密，牢固扎实，晚归的雁群，拖家带口的，大大小小，黑咕隆咚，一不小心就撞到网上，捕雁人第二天会抓到很多精疲力竭的大小雁。那些雁，绝望，挣扎，而捕雁人却满心欢喜，心里乐开花，野生，肥壮，珍贵，又可以饱口腹或者卖钱了。

2014年末，一个冬日的下午，著名作家叶辛，和我谈了他的新小说《问世间情》书名的来历。

小说以细腻的笔触揭示打工一族的"临时夫妻"现象，真实刻画了当代中国普通民众情感生活之累。

书稿交到出版社时，初名《情为何物》。有几个朋友说，哈，学琼瑶啊；咦，怎么会用这个书名？

斟酌中，叶辛又想到了他的母亲。他母亲很严厉，读小学时，每天要他做两件事，习书法和背古诗词。容易的诗词，一天一首，难的不能超过一周。有次，背到元好问的《雁丘词》，问世间情为何物，问世间情为何物，一周了，还是背不下来。此时，母亲对他讲：来，我给你讲一个故事，故事讲完，你就会背了。

元好问词前的那个小序，被他母亲演绎成了一个凄美故事：

乙丑岁赴试并州，道逢捕雁者云："今旦获一雁，杀之矣。其脱网者悲鸣不能去，竟自投于地而死。"予因买得之，葬之汾水之上，垒石为识，号曰"雁丘"。

公元1205年，金国少年诗人元好问，去太原考试途中，听捕雁的人说到了一件亲身经历：今天早上，我射杀了一只大雁，应该是一只雄雁，没想到的是，侥幸跑掉的雌雁，一直很悲伤地在空中盘旋，久久不肯离去，突然，它从高空直接俯冲到地，一头撞死了。唉，我虽然得了两只雁，但我的心情并不太好，我是不是太残酷了呀。

多情的少年诗人，为两只雁的爱情大为悲伤。

此刻，他立即想起了唐朝大诗人刘禹锡的《叹牛》，刘诗人因可怜要被宰的牛，而想用自己的皮衣换牛放生，牛主人却不肯。虽然这样，还是不由自主地想试试，他对捕雁者恳求：这两只雁，你拿到市场上也卖不了多少钱，不如我给你钱吧，你把死雁给我。这一回，他成功了，也许是两只死雁，不值什么钱，随后，诗人说，请你帮我一个忙，我们一起将它们葬到汾水河边，用石头垒成坟。这座特殊的坟，元诗人叫它"雁丘"。

元代孔齐的《至正直记》卷一《义雁》有谚语云："雁孤一世，鹤孤三年，鹊孤一周。"雁如果失爱，注定要孤独一生，不如和爱人同去。

"雁丘"，化作了元好问的泪水，激发了元好问的诗情，"问世间情为何物，直教生死相许？"元好问的千古之问，成了我们对忠贞爱情的永久纪念。

叶辛说，母亲的故事讲完了，他确实就背出了，流利得很。这么多年过去，他仍然清楚地记得。

世间情，物情，人情，要问的一定很多，我想，叶辛要问的则是，连那畜生大雁都有如此的爱情，人类因为生存而生出的各种感情，应该怎么去面对呢？

仁 隼

隼

隼是一种比较凶猛的鸟。仁当然是仁义了。凶狠却又仁义，这种隼很少见。

明代谢肇淛《五杂组》卷之九物部一有如下描写：

> 鹊与隼皆鸷击之鸟也，然鹊取小鸟以暖足，旦则纵之，此鸟东行，则是日不东往击物，西、南、北亦然，盖其义也。隼之击物，过怀胎者辄释不杀，盖其仁也。

先说鹊。鹊将小鸟抓来后，并不吃它，只是将它们垫在身下，暖足而已。天明以后，就将小鸟放掉，如果小鸟往东飞翔，那么，这一天，鹊就不往东边去抓鸟了。同样的道理是，如果被放掉的小鸟往西飞、往南飞、往北飞，鹊就不往这个方向觅食。

此鹊的做派似皇帝，每晚都要有人陪，要暖床，而人家又不是自愿来的，极为被迫，甚至冒着生命危险。谁知道，此鹊一不高兴，会不会弄死猎物呢？但是，做派归做派，做派也许是它的生理需求吧，它的心却是好的。因为在此鹊的心里，杀同类，总归是一种耻辱，它的一生就是要做一只好鸟，不能让人说禽兽不如哎。它的小日子于是过得很充实，每天都可以有不同的鸟来陪伴，太阳每天都是新的，这个世界是多么的美好啊！而且，根据它的经验，那些捉来的小鸟绝对不会重复，大千世界，鸟类何其多，我每天取一只暖床。这样的信念，鹊一直坚持，终于成就了此鹊的好名声。

北宋元丰七年（1084）六月丁丑的夜晚，苏轼和儿子苏迈一起考察石钟山，他们要弄清楚石钟山的石到底会不会发出声响："至绝壁下，大石侧立千尺，如猛兽奇鬼，森然欲搏人；而山上栖鹊，闻人声亦惊起，磔磔云霄间。"石钟山上的鹊，晚上正在休息，被苏轼一行吵醒，在夜空中嘲唶咆哮而去。想想看，那鹊抱着小美女正做美梦呢！你却打搅它，它能高兴吗？

再说隼。隼的本领注定要与蓝天为伴，注定要与速度为伍，那些在它眼皮底下晃来晃去的小动物就是它的美食。但是，隼捕捉猎物，吃之前一定要仔细辨别一下，如果碰到怀胎的，它就会毫不犹豫地将猎物释放。

隼有一双利眼。比如游隼，抓地面小动物，以每秒接近百米的速度冲向猎物，就如电子计算机一样准确；比如猎隼，它更多了一种本事，像歼击机一样，在空中就可以对飞行中的鸟类精确打击。最神的应该是它会辨别猎杀对象是否怀胎，动物的雌雄它应该一目了然，然后，根据雌性肚子的大小来判断。但估计也有漏网放错的，如果碰上一只大腹便便的肥婆，它就会走眼了。

按隼的身材大小和凶猛程度区别，隼有多种分类，谢作家没有说是哪一种隼，而隼却遍布全世界，有许多国家都将隼作为国鸟。所以，我推测，谢的这种说法，也不完全靠得住，他可能只是在采访途中，听说有这样的仁隼，就以偏概全了。不过，这完全可以理解，作家总是想从人性的角度作最完美的推想，并且用此来教育人类。

如果将隼再伸展一下，我们就会说到鹰。它们虽然不完全相同，但是，人们常常将它们联系在一起。

只举一件谢作家说的趣事。

南京有一富贵人家，养了只猕猴，并且训练它。主人和猴子成天玩在一起，日子一久，就生出事情来了。有一天，这只猴一时性起，调戏了主人家的小老婆。主人很不高兴，他妈的，死泼猴，连我的老婆你都敢玩，看我不弄死你！猴子知道危险，于是跑到报恩寺的塔顶藏了起来。顽猴身手矫健，出入自如，抓又抓不到，主人一点办法也没有。有人出主意说，不如放一只训练过的鹰上去，鹰会抓猴子的。但这只猴子实在太厉害，它见鹰飞来，随即紧紧抓住鹰的双脚，并用力撕裂它，鹰反而被它弄死。接连放了四只鹰，结果都一样。主人愈加愤怒，贴出布告，说有能抓到此猴的，赏百两黄金。一辽东人带着鹰应募而来。只见他将鹰从容放出，此鹰个头并不大，它飞到猴子藏身的塔顶盘旋了很久，然后就往远处飞去。飞到哪里去了呢？在下面观看的数万人那个着急啊。又过了很久，此鹰从天际缓缓降下。快要接近猴时，那猴正朝天空瞪着大眼做好和鹰战斗的准备呢，此鹰突然将毛羽一抖，黄沙从天上铺天盖地而下，那猴怎见过这样的阵势？两只眼睛怎么睁也睁不开。这个时候，鹰只用它那强健的利爪，猛击一下，猴就从塔上掉下地来了。

有了这个真实的故事打底，大家就可以展开充分的想象了。隼们鹰们，不仅仁慈，而且勇敢，而且聪明。

小鸟杀大蛇

壹

贺天士的笔记《焦山鸟记》，讲了一对鹳鸟夫妇报仇杀大蛇的精彩故事。

镇江的焦山有僧寺，一对鹳将巢筑于寺旁的松树间。它们很恩爱，还孵出了三只小鹳。小鹳在父母的悉心照顾下，一天天长大，羽毛都快要长全了。

某天，父母鹳出外替孩子们找吃的。松林寂静，一条一丈多的大蛇，沿着松树顶部偷偷伸头入巢，将三只小鹳全都吃掉。

父母鹳带着吃的回巢，左找右找，不见了三个孩子，它们知道孩子一定遇难了，一定是那大蛇干的，它们平时经常看见那条大蛇，盯着它们的窝，伸头哈气，蠢蠢欲动。父母鹳绕着松树大声地叫着，一圈又一圈，悲痛欲绝，三天后才离开。

七天后，寺僧坐在殿侧，忽然发现，那两只鹳，带着一大群雀鸟飞来了。群雀们绕着大殿，飞来飞去，似乎是在练习，似乎又是在寻找什么。其中的一只小鸟，独自飞入大殿中，小鸟贴着殿的梁柱飞上飞下，嘴巴不断发出啾啾声。突然，梁柱间的大蛇伸直头颈，想将小鸟一口吃掉！而那小鸟呢，灵活得很，忽近忽远。原来，小鸟是在引诱大蛇呢，大蛇将大半个身子伸出，想用力抓住小鸟，而往往都相差一点点。又突然，一只鸟从佛像的背后俯冲过来，这只鸟的嘴极尖极长，像锥子一样，此鸟用尖锐的嘴一下朝大蛇的腹部猛力刺去，然后迅速飞走。原来，这只鸟，是事先埋伏在这里的，它在等待攻击大蛇的时机。

那大蛇，本想尝美味，不想受到突然袭击，肚子被鸟刺破，肠裂，坠下梁柱而死去。

这个时候，那一对鹳飞进大殿，看见地上的大蛇，不断地飞翔又大叫，群雀们也跟着鹳们一边飞一边叫，过了好久，这一群鸟才散去。

对于眼前发生的这一切，山僧也感到奇怪，他将这件事情讲给来拜佛的客人听，客人说：这大蛇应该吃了不少的鸟，大鹳虽然也吃蛇，但蛇将鹳的孩子吃了，它们是要报仇的。这一回，大鹳带着一群小雀鸟来围攻大蛇，确实是一件奇怪的事呢！

贰

这一场鸟们集体杀大蛇的画面，极为精彩。

计谋一定出自这一对大鹳。

因为过度悲伤，这一对鹳一定是想破了脑袋，如果正面进攻大蛇，鸟们一定不是它的对手，大蛇可以轻易地将它们杀死。必须根据大蛇的习性，引诱，迂回，出其不意打击。

果然，当一群雀鸟来到大殿的时候，大蛇以为，又来了美味，这一回正好，送上门来了。在它身边飞来飞去的那只小鸟，逗得它口水直冒，哈哈，抬头就可以抓取嘛。不想，实际上并不就在眼前，往往只差一点点，放弃？这不行，必须吃到，我又不是第一次吃它们了，再伸长一点，伸长一点，就可以轻松抓到。

大蛇没有料到，有"黄雀"在后候着，那候着的"黄雀"，就是要趁大蛇不注意的时候，突然攻击的。

鸟们的这个策略，事实证明，极为成功。

而寺僧们就不太理解了，这鸟们集体搏杀大蛇，这得有多大的仇恨啊！另外，鸟们的合作精神，也让人赞叹，如果换作人，还不一定有如此精密的计划呢，一不小心，比如，那承担引诱任务的，如果稍微胆小一下，就会出差错，一出差错，就会导致整个计划的失败。

叁

引诱大蛇，可以由小鸟来完成。然而，承担杀死大蛇任务的那只鸟，根据特征描绘，一定不是黄雀，雀没有这么长的喙。

那么，是什么鸟，才有这么大的能力和胆子呢？

南宋洪迈的笔记《夷坚志》甲卷五也有这样一场战斗：

绍兴十六年，林熙载自温州赴福州侯官簿，道过平阳智觉寺，见殿一角无鸱吻，问诸僧，僧曰：昔日双鹳巢其上，近为雷所震，有蛇蜕甚大，怪之，未敢葺。僧因言寺素多鹳，殿之前大松上，三鹳共一巢，数年前，巨蛇登木食其雏，鹳不能御，皆舍去，俄顷引同类盘旋空中，悲鸣徘徊，至暮始散，明日复集，次一健鹳自天末径至，直入其巢，蛇犹未去，鹳以爪击之，其声革革然，少选飞起，已复下，如是数反，蛇裂为三四，鹳亦不食而去。林诵老杜义鹘行示之，始验诗史之言，信而有证，二事熙载说。

林官人去福州接任主簿，经过的这个智觉寺，佛殿一角鸥吻缺损，僧人解释原因：以前有两只大鹳鸟在上面做窝，近来被雷击落，现在又有大蛇盘踞在上，我们不敢去修呢。僧人又接着说：本寺有很多鹳鸟，你看，殿前面那棵大松树上，有三只鹳鸟住在同一个窝里，几年前，还发生了一个惊心动魄的事件呢。

僧人说的什么事件呢？

大蛇伸头进鹳的窝，吃掉了鹳的孩子，鹳斗不过大蛇，只能逃跑。不久，这鹳就叫来了一大群的同伴，同伴们也没有办法，大家只有悲鸣号叫，一直叫到晚上才散掉。

第二天，鹳叫来了另外的帮手，一只健壮的鹘。那鹘极勇猛，它直接飞进鹳的窝里，用尖嘴猛刺、用利爪猛扑仍然盘踞着的大蛇，发出"革革"的声响，大蛇是被动挨打，动弹不得，鹘反复攻击，不久，大蛇就被撕裂成三四段，坠落于地。

肆

林主簿听了寺僧讲的这个故事，很有感触，他立即想起了唐朝大诗人杜甫的诗《义鹘行》，他相信，杜甫描写的极其真实，杜诗这样描写：

阴崖有苍鹰，养子黑柏颠。白蛇登其巢，吞噬恣朝餐。

雄飞远求食，雌者鸣辛酸。力强不可制，黄口无半存。

其父从西归，翻身入长烟。斯须领健鹘，痛愤寄所宣。

斗上捩孤影，噭哮来九天。修鳞脱远枝，巨颡坼老拳。

高空得蹭蹬，短草辞蜿蜒。折尾能一掉，饱肠皆已穿。

生虽灭众雏，死亦垂千年。物情有报复，快意贵目前。

227

兹实鸷鸟最，急难心炯然。功成失所往，用舍何其贤。

近经滿水湄，此事樵夫传。飘萧觉素发，凛欲冲儒冠。

人生许与分，只在顾盼间。聊为义鹘行，用激壮士肝。

由此看来，大蛇吃各类小鸟，是经常发生的事，而大鸟们常常要去替自己的孩子报仇，这也是经常发生的事，但单凭自己的力量，还不足以战胜大蛇，于是就去搬救兵。而鹘，因为勇猛而讲义气，所以，常常被大鸟们请来做帮手。唐代的某一天，诗人杜甫所见的场景，也是类似，所以，杜诗人将赞美送给那英勇的鹘。或许，诗人还有言外之意，那就是，动物们都这么讲义气，互相帮助，而作为人，却往往做得不够好，于是，此诗也就有了讽谏意义。

洪迈接着上面的故事，还记载了一个鹳请鹘帮忙的故事：

台州黄岩寺定光观岳殿前有塔，鹳巢于上，一蛇甚大而短，食其子，其母鸣号辛酸，瞥入海际，少时引二鹘至，径趋塔表，衔蛇去。

所以，我们有理由确认，那一对父母鹳请来杀大蛇的一群鸟中，一定有鹘。

弱者急中生智，以小博大，而失败者往往自以为是，且横行霸道。

附录：微型动物园景观

现在，我要带你去逛一个古代笔记中的微型动物园，动物园虽然不大，但在动物园中，我们依然能看到各式动物，亲情，友情，聪明和狡猾，干一行爱一行；看到人和动物的关系，忠心，孝顺，睚眦必报；看到动物和人的对比，正直，知耻。

千里采荔枝的鹤

大司徒马恭敏，在山东当领导，他的庭院中，有一对鹤，筑巢在树梢上。

没多久，鹤夫妻生下两只小鹤。它们生活工作，配合得很好，今天公的出去找食，母的在家看孩子；明天母的出去找食，公的在家看孩子。其乐融融。

正是盛夏，马先生常常交代守门警卫，注意保护鹤这一家子的安全。

有一天，马先生发现，公鹤一大早出去，一直到晚上也没回巢。又过去了十天，还是没有消息。马先生感叹，公鹤一定是遇害了。

又过了不少天，马先生听到，鹤巢里的小鹤，叫声很响，以为又发生什么事，仔细一看，那公鹤，从南方飞翔而来，接近巢时，长叫一声，有一树枝掉到地上，树枝上，红果累累。警卫不认识，拿着给马先生看，马当然认识，这不是荔枝吗？只有福建和广东才有，而这两个地方，距离山东，来回有五千多里路呢！

马先生急忙让警卫员架上梯子，将荔枝送到鹤的巢中。鹤见状，环鸣不停，好像是感谢的样子。

（明·谢肇淛《五杂组》卷之九，物部一）

这是一幅美丽的人鹤相处图，一份温馨，一份牵挂。鹤栖人家，人护鹤子，互相关心，互相依赖。

重点是鹤，通过人的视角，鹤的爱心毕现。

公鹤不怕路远，一路跋涉，为了妻儿，千里采荔枝，爱心赶超人类！

爱心之大小之深浅，其实不分人畜。

有时，畜生专一的爱，还要胜过人类。

狱中除虱记

某监狱中，一群智商极高且又生命力极其顽强的虱子，趣味横生。

小小虱子，能越过街道，跑出去躲避，晚上再回来咬人，这太离奇了。《夷坚志》上记载有这样的怪事情。

福建中部，一座监狱，有很多壁虱，犯人苦不堪言。天气晴朗时，众狱犯齐心协力捉虱子，可是，床里床外，仔细搜寻，效果往往不佳，就是捉不到虱子。

一天清晨，一看守到街上买东西，看见道路上有一条黑线，仔细一看，都是虱子组成的队伍，它们在急行军。黑线的尾部，连接着监狱，似乎还没走完。看守一直往前寻，嘿，这狡猾的小东西，居然到城西卖饼家的土台子下藏起来了。

　　看守马上跑回，告诉监狱长。居然还有这等事？监狱长赶紧带了一帮人，到城西卖饼家，捣毁土台子！啊！众人都吓了一大跳，居然挖出好几斗虱子，立即用火烧！虱子的气味，还真不好闻，臭气熏天数十里外！

（明·谢肇淛《五杂组》卷之九，物部一）

　　谢作家记述这一段时，还附会一个情节：

　　卖饼家因为藏虱而致富，虱子抓完了，饼家也败落了。看这样的情节，似乎是卖饼家和虱子们串通好，或者饼家的财富是虱子带来的，但横竖，我看不出两者间有任何的联系。

　　那些虱子，为什么会跑到外面躲起来呢？合理的解释只能是，这些壁虱有飞行和爬行的能力，如果久待狱中，注定要被囚犯们拍死，而城西卖饼家的土台子，温暖如春，正是虱子们生活的良好居所。

　　当然，有一个前提，这些虱子，一定有很强的组织纪律性，它们很团结，组群工作和生活都非常和谐；它们还懂得适可而止，有的血绝对要少喝甚至不能喝。而且，他们作战灵活机动，一定有一个强有力的领导班子。

蛤蟆念佛

动物聪明，久经训练，就会有不一样的技巧，我（作者）把这一些好玩的都看成杂耍：

鸟衔字，雀衔钱，犬踏橇，羊鸣鼓，龟造塔，熊翻筋斗，驴舞柘枝（一种舞的名称）。

前不久，我又看到了新奇的一幕：蛤蟆念佛。

将这些训练过的蛤蟆，在一高大的人前面排好队，蛤蟆的主人念佛一声，蛤蟆也阁阁一声，就好像敲木鱼一样，于是，一只一只蛤蟆，都按顺序阁阁。一遍结束，主人又念佛一声，众蛤蟆又应声数十次。表演结束，众蛤蟆还叩头致谢，然后离去。

（明·沈德符《万历野获编》卷二十四，《戏物》）

小和尚念经，有口无心。经念熟了，就成了一种习惯性记忆，只要启动程序，张口就来，而且不会间断。

蛤蟆念佛，久练的结果。最起码，那蛤蟆听得懂声音，然后，它的声带也能发出这种声音，至于声音代表什么，它一定不知道，即便此蛤蟆住在寺院里，每天聆听佛音，它也不懂。

杭州西湖边，宝石山顶峰，叫蛤蟆峰，从西泠桥上看宝石山峰，峰像一只向天蛤蟆。我猜测，此蛤蟆每每听到灵隐寺那边的佛经声，便会安静下来吧。

听着听着，就成佛了。

清代袁枚《子不语》卷二十三有《虾蟆教书蚁排阵》，大小蛤蟆也栩栩如生，更有活力四射的蚂蚁排阵：

余幼住葵巷，见乞儿索钱者，身佩一布袋、两竹筒。袋贮虾蟆九个，筒贮红白两种蚁约千许，到店市柜上演其法毕，索钱三文即去。

一名"虾蟆教书"。其法设一小木椅，大者自袋跃出坐其上，八小者亦跃出环伺之，寂然无声。乞人喝曰："教书！"大者应声曰："阁阁。"群皆应曰"阁阁"，自此连曰"阁阁"，几聒人耳。乞人曰："止。"当即绝声。一名"蚂蚁摆阵"。其法：张红白二旗，各长尺许。乞人倾其筒，红白蚁乱走柜上。乞人扇以红旗曰："归队！"红蚁排作一行；乞人扇以白旗曰："归队！"白蚁排之作一行。乞人又以两旗互扇喝曰："穿阵走！"红白蚁遂穿杂而行，左旋右转，行不乱步。行数匝，以筒接之，仍蠕蠕然各入筒矣。虾蟆蝼蚁，至微至蠢之虫，不知作何教法。

这乞丐好生了得，他的工具其实简单，一布袋，两个竹筒，布袋里有九只蛤蟆，上千只红白两色蚂蚁分别放在两个竹筒内。柜台上先放一张小木椅，节目一，蛤蟆教书上演。大蛤蟆首先上场，啪啪从袋里跳出，一跃而上小木椅，八只小蛤蟆随后一一钻出布袋，围着大蛤蟆，全体蛙坐，小蛤蟆们注视大蛤蟆的眼光，一下子让所有观看者的杂噪声停下来。上课！乞丐威严地发出上课的命令后，蛤蟆老师立即：阁阁，八只小蛤蟆随后也"阁阁"。这不就是老师带领学生集体朗读嘛，再来，再来，一连数遍，众人起先肃静，随后就各自议论了起来，蛤蟆们在读什么？无关紧要，观者的脑子里立即会闪现出自己的阅读场景。有叹声传出，唉，畜生都会读书，我为什么读不好书呢？！等大家看够了，乞丐又一声令下：停止。自然，蛤蟆师生们就集体噤声了。

节目二，蚂蚁排阵紧接而来。小红白二旗各自插好，两只竹筒蚂蚁全部倒出，蚂蚁们柜台上一阵乱跑，红旗摇动，乞丐大叫"归队"，只见红蚂蚁们迅速集中排列；白旗摇动，乞丐大叫"归队"，只见白蚂蚁们迅速集中排列。接下来，高难度动作上场：红白蚂蚁各自穿阵，横向竖向交叉而行，左旋右转，来来往往，皆阵脚整齐，队形一点都不乱，像极了大型运动会开幕式上的穿插表演，人们在惊奇，蚂蚁们是怎么做到的？惊叹称奇声中，乞丐将两个竹筒横在柜子上，红白蚂蚁，立即各自朝着竹筒行进，一会儿工夫，全部钻进竹筒。

乞丐朝围观的人群四下拱拱手，店主人拿出三文钱，乞丐利索收进，背起布袋和竹筒，转身朝下一家店铺走去。

居住在杭州葵巷的袁枚，还是个十余岁的少年，自然也看得入迷了。但他心中的疑惑，一直没有解开，乞丐是如何将蛤蟆和蚂蚁训练起来的？我也有疑问，直到我看了《蚂蚁的社会》(德国学者霍尔多布勒、美国学者威尔逊合著) 这本书后，才大吃一惊，蚂蚁们的群体合作，创造出了超文明。书中说，目前已知的蚂蚁接近1.4万种，分类学家估计现存的蚂蚁多达2.5万种，蚂蚁已经有1.2亿年的生化进化史，比如切叶蚁群落，它们只有一个目的，就是把植物转化成更多的切叶蚁群落，它们生存的目的，是在它们不可避免的死亡之前尽可能多地复制自身，它们拥有动物中已知的最复杂的交流系统之一、最精致的等级体系之一，拥有可调节温度和湿度的巢穴构造、动辄数百万的居民。

如此说来，让蚂蚁们排个队，来回穿插一下，那简直就是小儿科了。

背小虎渡水

有谚语说：虎生三子，必有一彪。彪最犷恶，会吃虎子。

我听猎人这样讲：母虎要率领三只小虎渡水，一定会考虑，如果先背一只小虎过河，那么其中的另一只会有被彪吃掉的可能。所以，母虎采用的办法是：先背着彪到达对岸，回来再背一只小虎到对岸，然后，虎会再次将彪背回原地，将彪放下，又将另一只小虎背到对岸，最后，才背着彪到达对岸。

（宋·周密《癸辛杂识》续集下，《虎引彪渡水》）

彪这么厉害，母亲老虎也要防着它。

动物的智慧，也是现实生活中逼出来的。因为爱，因为惧，因为生存，因为各种原因，所以，动物们的智慧也高低不同。

本书前面主体部分，写到了"鼠狼和鸦救子"，写到了"猎鹰奉命捉顽猴"，也写到了"训练有素的猴小偷"，"千里送家信的聪明狗"，"会跳舞的马"，虽然都是一些普通动物，但在生存中显露出来的高级智慧，或者急中生智，或者脑子要连转几个弯，有些连普通人，也未必想得出来。海豚、大象、鲸鱼、老鼠、猴子、狗、猫、鹦鹉、章鱼、绵羊，等等，经常有极为聪明的行为让人类赞叹。对周围的三维立体空间，鲸鱼有着惊人的感知和分析能力。

虎背彪渡水，颇有点田忌赛马的智慧，但田忌是人，是人中的官员，似乎不可比，可原理却相同。

不知道猎人是不是夸张了，我宁愿相信是真的。

后汉的贾彪，兄弟三人，都有很高的名声，但贾彪名气最大，天下人都说：贾氏三虎，阿彪最优！我想象中，这个贾彪，一定魁梧健壮，虎背熊腰，力能扛鼎，彪形大汉基本都是这个样子的。

睢景臣的《哨遍·高祖还乡》有"见一彪人马到庄门"，彪，虽作量词，但也是一队厉害的人马呀！

蟹蜂情

松江人沈宗正，每当深秋的时候，都要将竹栅栏放到水塘里，用来抓蟹。这个季节的蟹，味道极鲜美。

有天，他看见竹栏上，有二三只蟹，相互交缠在一起，仔细一看，一只蟹，八只大脚已经脱落，不能爬行，另外两只蟹，抬着它爬过栅栏。

看到这里，沈叹息：人为万物之灵，兄弟朋友有相争而互相诉讼，更有甚者，还有乘人危机而陷害的，而水里这些蟹，多么渺小啊，但它们却能互相帮助，有义如此。立即让人将竹栏拆掉，并从此，终生不再吃蟹。

太仓的张用良，是我的妻兄。他一向讨厌蜇人的胡蜂，看见胡蜂，立即打死。

有天，他看见一飞虫被蛛网缠绕，蛛网越束越紧。突然，飞来一只胡蜂，它立即去蜇那蛛，几番争斗，蛛才逃开。胡蜂又多次嘴里含水，将水滴到小虫身上，过了很久，小飞虫才脱身。

这一幕，久久在张用良脑中显现，自此后，他不再扑杀胡蜂。

（明·陆容《菽园杂记》卷十三）

蟹救蟹，蜂救虫，在人看来，都是小概率事件，但对小动物而言，就是它们的日常行为。

蟹折脚自救，是义蟹。它们深知，自己必须救自己，没有谁可以救它们，今天你救我，明天我救你，谁都可能有求救的那一天。

胡蜂救飞虫，是义蜂。胡蜂也深知，我们都是同类，虽然有针可保，但是，面对如此复杂和强大的人类，还有其他动物，我们简直不堪一击，况且，我和小飞虫是好朋友，常在一起采花嬉戏，如今，它被蛛网所困，我必须救它！

救别人，就是救自己；帮别人，就是帮自己。

人终究是善良的，当他看到一个足以让他感动的小细节时，就会有所改变，这种改变，影响终身。

蟹和飞虫，都是生命，和人相比，只不过低级高级而已。

正义神鹰

嘉兴知府杨继宗，为人刚正，办事坚决果断，爱护百姓，礼贤下士。有一年，恰逢嘉兴饥荒，饿死人无数，杨知府来不及向司道官报告，就开仓赈灾，让数以万计的百姓活了下来。

不想，杨知府的仇敌，却借此向司道控告杨，罪名是擅自开仓，给百姓的少，私自贪占的多。

司道刚打开这份控告信，堂上突然起了一阵大风，有数十只鹰，从天空俯冲而下，大鹰一下从司道手中叼走控告信，飞到空中，有用爪子的，有用尖嘴的，众鹰一下子将信撕得粉碎。司道很愤怒：你们也要反抗我吗？

司道于是决定，向巡抚报告。刚下船，群鹰又赶到，它们睁大双眼，振动着双翅，一边飞一边叫，好像在骂司道官。

司道这一下彻底被激怒，他命令士兵，消灭这一群鹰！

用弓射，用网捕，各种兵器都用上了，鹰却越聚越多，终不能消灭鹰。

这时，一只大鹰对着司道官，又迅速俯冲下来，司道急忙用手去挡，但大鹰却将司道官的纱帽抓走。众鹰又反复用爪去抓新写成的控告信，直至粉碎。

司道官惊骇不已，只好返回。

这件事就这样不了了之。

杨知府在嘉兴九年，离职时，郡内七县百姓纷纷挽留，有文人还写了篇《神鹰录》，用来传颂他的德政。

（清·褚人获《坚瓠续集》卷之一，《神鹰录》）

杨继宗是明代著名清官之一。

他的事迹很多，多是公正无私、廉洁奉公的故事。

开仓放粮是真实历史，但神鹰护杨，却是传说。不过，传说里，明显借助动物的义举，来表达人们的正义。

神鹰护杨的场面，有四个主要细节。

其一，司道官正要看这份控告文，神鹰突降。天空中飞来一群鹰，也属正常，如果公堂上有什么吸引鹰的东西，它们也极有可能飞降。只是，这一份控告信，它们是怎么知道的？这似乎不重要，鹰们都知道，这份文件，对好官杨知府不利，大大的不利，要想尽办法毁掉它。

其二，司道官要向长官汇报。鹰们显然不放心司道官，司道官怒斥它们，没安什么好心，于是盯着他的动向。当他下船时，又遭遇了群鹰的进攻。群鹰仍然要将那份新的报告消灭。群鹰你来我往，场面一定充满喜剧感。

其三，围捕群鹰。司道官忍无可忍，官家机构合力捕捉。不想，鹰是极聪明的动物，它们是天空自由之子，在武器原始的年代，要想捕捉飞鹰，极有难度，何况是一群特来护杨的雄鹰，智商都不低。

其四，大鹰攫纱帽。鹰们从天空中往下看，那司道官的纱帽，特别显眼，黑黑的，带子粗粗的，这个家伙，就是杨知府的克星，一定要让他知道，杨知府有上苍护佑，将他吓回去。连纱帽都被老鹰夺了去，看来，这个杨，是碰不得的，他得民心，罢罢罢，还是回府吧。

四个细节，组成了一部超级小电影，中心画面是：勇撕告状信，合斗众人剿，智取乌纱帽，吓退傻司道。主角：神鹰。

为百姓做事，即便触犯了法律，那也是"公罪不可无"。好官，用神鹰来传达形象！

义　猴

建南的杨石袍先生告诉我说：吴越地方有个老乞丐，编茅为舍，居于南坡。他曾经养了一只猴，教猴学会一些装神弄鬼的把戏，每天在集市上演出，以此为生。

每每得到吃食，老丐都和猴子一起共享。不管刮风下雨，严寒酷暑，他都和猴子在一起，两个相依为命，好像父子一样，一起生活了十余年。

乞丐终于老且病，不能带猴子到集市上去表演，猴子每天就长跪在路边，像人一样讨食，讨到吃的东西，就送给老丐，久而不变。

老丐去世，猴子像儿子死了父亲那样哭天捶地。哀痛完毕，猴子又跪在路边，低着头哭泣，伸着手掌讨钱。一天时间不到，猴子讨得数贯钱，它将钱用绳子串好，到集市上找到棺材铺，再也不离开。棺材店老板也为之感动，就给了猴子棺材。猴子还不离开，等到看见挑担子的人来了，它就拉着挑担人的衣裳不放，挑担人抬着棺材，一路跟着猴子，来到南坡，将老丐收殓埋葬。

将老丐全部料理停当，猴子又跪在路旁讨食，它是要用食祭奠老丐。

祭毕，猴子去野地里捡拾枯枝，堆在老丐墓前，又将以前演出时用过的傀儡道具全都搬来，一起焚烧。大火起时，猴子长叫数声，自己跳进火堆中，自焚而死。

行人见到这样的场景，无不感叹其义，人们也为猴子筑了一座坟，将它叫作"猴冢"。

（清·张潮《虞初新志》卷一，宋曹《义猴传》）

猴子和老丐相依为命，老丐死了，猴子也不要命了。

十余年相依的场景，一定是由一幕幕的真实情景组成的。无论什么样的天气，猴子和老丐，两个世界里的不同类型，却在相同的场景中生活，他和它之间的沟通，一如父与子、兄与弟之间的默契，彼此早已不用语言，只需要心领神会。

猴子和老丐，平时也一定经常参加各类葬礼，猴子对仪式的细节，清楚得很，这为它以后完成对老丐的义举，打下了坚实的基础。如果不熟悉丧礼，很有可能会出现这样的场景：老丐去世，猴子在一旁声嘶力竭地悲伤，直到气绝身亡。

当然，猴子几次跪在路旁的情节，完全可能是人们的想象，人们想通过猴子的能干，来塑造它的义举。

即便如此，也完全不损主题。感人的细节，已让人不辨真假，我们似乎觉得，十年风雨，苦苦相依的每个日常，猴子的心早已和老人融为一体。

换个角度，猴死了，老丐会怎么样？

人不会为了猴子而死，在笔记里，我没有听说过。

义　虎

山西孝义，城外有高唐、孤岐等山，山上多虎。

一樵夫，有天早上，在树木丛生的山谷间砍柴，突然失足，掉进了虎穴，穴内有两只小虎在。此穴，如倒扣过来的锅，三面都是锋利的石头，前壁稍为平坦些，有一丈多高，苔藓等布满崖壁，光滑如镜，老虎就是从这里出入的。樵夫几次三番跳起来，想爬上去，都不成功，他绕着崖壁转呀转，哭着等死。

太阳快落山时，一阵风起，大老虎呼啸着从崖壁上进穴，嘴上叼着生麋鹿喂小虎。突然，大虎看见樵夫蹲在崖底，张爪像要扑过来的样子，稍倾，大虎若有所思，把剩下的肉块丢给樵夫吃，自己回穴，抱着小虎睡觉了。

樵夫经历此景，吓得不轻。他想，现在，大虎是吃饱了，第二天早上，它一定会空着肚子来吃他的。

第二天，天还没亮，大虎就出门了。

到中午，大虎又叼着一只麋来，先喂它的孩子，然后，又将剩肉丢给樵夫吃。樵夫饿得很，没顾得上多想，拿来就吃，渴了，就喝自己的尿。

这样的日子，一过就是一个月。樵夫渐渐和大虎熟悉、亲近起来了。

有一天，小虎终于长得健壮，大虎背着小虎出穴。

这时，樵夫仰天大哭呼喊：大王，救救我！

过了一会，大虎再入穴，将两前脚蹲下，低着头，让樵夫骑上来。樵夫骑上大虎后，大虎腾空跃到崖壁上。大虎将樵夫放下，带着两只小虎前行，它们经过的地方，飞禽走兽都不敢发出声响，只有两旁的山风，在峡谷里呼呼回荡。

樵夫见大虎丢下自己，又大叫：大王！大王！

大虎回头看着樵夫，樵夫跪着对大虎说：蒙大王救我，现在我们分开，我担心找不到家，可能还会遭遇不测，大王如果将我带到有路的地方，我一定要报答你的！

大虎点头，将樵夫送到路口。

大虎回头看着樵夫，樵夫告诉大虎：我是西关的贫苦老百姓，现在我们分开，我就见不着你了，我回家后，一定养一头猪，在西关三里外的邮亭，某日午饭后，我一定在那里等你，不要忘记我说的话！

大虎点头。

樵夫流泪。

大虎也流泪。

樵夫回到家，家人惊奇无比。樵夫说了大虎相救的故事，一家人都很高兴。

到了约定的那一天，樵夫家准备了一头猪，正在杀猪的时候，大虎已经先到达约定地点，不见樵夫，它就直接进入西关。居民见到大虎，急忙报告给猎人，众人关上寨门，火枪茅铳全都对准了大虎，众猎人信心满满，要将大虎生擒，献给县令。

樵夫知道情况后，立即跑到街上，告诉众人：大虎于我有大恩，请大家千万别伤害大虎！

众人并不相信樵夫，他们将樵夫捆绑起来，送到县衙。

樵夫擂鼓大呼，县官问事，樵夫一五一十如数报告。

大家都不相信这样的事，樵夫说：请县官审验，如果我说的有假，甘愿受杖！

县令和一大帮人，带着樵夫，去和大虎对质。

樵夫抱着大虎的头，哭着问：是不是大王您救的我？

大虎点头。

樵夫再问：大王是不是我和约定来西关？

大虎又点头。

樵夫哭着对大虎说：我为大王请命，如果请不得，我愿意和大王一起死！

大虎听了，泪流如雨。

千古场景，观者如堵，不下千人。

县令审此，大惊，连忙让人放了大虎。

众人将大虎赶到了邮亭下，送上早已准备好的猪。大虎扯着猪尾，大口吃起猪肉。吃完猪，大虎回头看看樵夫，然后离开。

人们将大虎吃猪肉的地方，叫作"义虎亭"。

（清·张潮《虞初新志》卷四，王猷定《义虎记》）

樵夫绝处逢生，靠的是大虎的救助。

一个人如果跌入绝境，荒山野岭，长年无人往来，渴死、饿死、冻死，一切皆有可能。

大虎初见樵夫，略有犹豫，但母爱的慈祥，让它瞬间懂了，这是个陷入绝境的人，不是来害我孩子的，也需要安抚。

母爱是动物的本能，大虎不辞辛苦，早出晚归，就是为了给小虎弄来足够的营养品，当寻找吃食有广阔路径的时候，它并不会对樵夫产生威胁，相反，它还会用剩余的食物救助樵夫。

度日如年的樵夫，战战兢兢地苟活着。我们可以推测，在大虎出门寻食的时间里，他待在崖底干什么呢？只有看远处的山，看天，看天空时而掠过的飞鸟，看得眼累了，就合上眼思考。平时为生计所迫，哪有时间思考啊，现在好了，有大把的闲暇，一个不小心，落难于此，是上苍对我的惩罚，我这辈子，做人一定还有不周到的地方，如果能活着出去，我一定要好好做人，重新生活！樵夫不是哲人，他只会进行一些粗浅的思考，他的目的，就是要活下去，走出去！

因此，樵夫的感恩，发自内心深处，即便大虎是畜生，我也要尽我最大的能力报答它！

大虎和樵夫一直有交流，随着人虎感情不断地加深，大虎和人，已经非常默契。在特殊的场景中，以虎的智商，它完全可以听得懂樵夫的话。

小疑问是，大虎能清楚地知道西关，知道郊外的邮亭，并能清楚地记得时间，这显然是附会，是说故事人的强加。

樵夫和大虎的故事，我们可以延伸，这其实是人与自然的故事：人与自然和谐相处，相安无事，并守望相助，但如果人损害自然，那么，就会遭到自然的报复，以各种形式。

报仇狗

清朝顺治丙申秋，有太原商人，从南方做生意回家，骑着一头驴，袋子里装着五六百两银子。经过中牟县境时，在路边休息。

这时，有个年轻人，扛着一根棍子过来，棍子上绑着一只狗，他也在路边休息。

这条狗朝客商不断哀叫，似乎盼望客商救它，客商便买下狗，将它放生。年轻人看到客商的钱袋子很重，就悄悄地跟在后面，到了僻静处，年轻人用棍子将客商打死，并将他的尸体拖到小桥水边，用沙子和芦苇盖上，背着钱袋离开。

这只狗见客商被害死，就悄悄地跟着年轻人到他家门前，将周边方位记住才离开。狗去到县城，正好县官升堂，衙门里一片肃静，这只狗直接跑到县令跟前，跪着号叫，像是在哭，又像是在哀诉，赶也赶不走。

见此情景，县令有点纳闷，他问狗：你有什么冤屈吗？如果有，我派个衙役和你一起去要去的地方。

狗在前头走，衙役在后面跟，到了客商被害的地方，狗对着水边一阵叫。衙役掀开芦苇，发现了尸体，回衙门报了案，但不知道凶手是谁。

狗又跑到县衙，哭号如前。

县令再问狗：如果你知道谁是凶手，我就派出衙役跟你去抓人。

狗在前头走，数个衙役在后面跟，行了二十余里地，到了一偏僻的村子，狗直接跑进一户人家，一下跳起来，咬住年轻人不放，年轻人的衣服被咬碎，血也流了许多。衙役们一起将年轻人捉住，押回县衙。立即审问，年轻人一五一十交代了杀害客商的经过。

从商客的钱袋里，衙役们找到了一个小本本，上面记着客商的住址和姓名。

立即判处年轻人死刑。

抢去的银两归公。

见这样判决，这只狗不满意。

它又跑到县令面前，一样地号叫不停。县令想：这个客商虽死，他的家人应该还在，这些银两归谁呢？这狗叫个不停，是不是因为这件事呢？

县令于是派人到太原，狗也跟着一起去。

到了客商家，他家才知道客商已经被害，又知道银两还在，一家人悲痛感慨无限。客商有个儿子，他便收拾行装，和衙役们一起到中牟，一番手续，银两回到了客商的儿子手中。

客商儿子扶棺回乡，这只狗仍然跟着，一路护送。它来回数千里，一路上吃饭住宿，和平常人没有什么区别。

（清·张潮《虞初新志》卷七，徐芳《义犬记》）

一顿饭尚且需要报答，何况救了自己的性命？

这只狗虽不是堂堂男儿，但做出的事情，却一样不失恩义。

这只狗的义，集中显示在智上。

面对突然出现的灾祸，冷静观察，等待时机，这需要很强的忍耐力。假如忍不住愤怒，为道义而慷慨赴难，也显然成不了大事。

如果，在年轻人杀害客商的时候，狗就张开利齿与之搏斗，即使死于年轻人的棍棒之下也无所畏惧，这样做很英勇，但对已经死去的客商来说，并没有太大的意义。

如果，在客商死后，它满腔愤怒，立即跑到县衙告状，而没有将年轻人的住址找到的话，即便衙役们找到了客商的尸体，也很难一下子侦破案件。

这只被客商营救的狗，它有一片忠心，又沉着冷静，智慧足具，对整个冤案的破解起着十分关键的作用。案后扶棺回乡，不离不弃，一路悲随，几乎和人一样，甚至超过人的报恩。

孝顺狗

先说孝顺狗的母亲，它是广东东莞隐士陈恭隐家的母狗。狗的毛色很特别，全身白，尾巴红，四脚皆黑。

陈恭隐因为父亲死于国难，立志不再考功名，隐居山中，喝酒吟诗，不与士人沟通。

这只狗一直跟随恭隐左右，半步都不离开。

恭隐每次出去，它都先行百步，就好像向导一样。如果遇上豺狼蛇虎，狗立即返回，咬着恭隐的衣角，将他拉回去，不让他前行，恭隐理解，马上返回。狗又跟在恭隐身后，距离数十步左右，大声叫唤，好像是恭隐的警卫一样。夜里，狗一边叫着，一边在屋子前后左右巡逻，到天亮都不休息。

几年后，母狗生下了五只小狗，都是雄性，小狗长大，恭隐就将它们分送给左邻右舍。这些狗儿子，也都像它们的母亲一样，非常尽职。

当初，小狗刚送出时，母狗每天都会到各家转一圈，就好像教育训练小狗一样。有吃食时，小狗就会让母亲先吃。小狗长大后，母狗不再巡视，而小狗们，则每天早上，都到恭隐家来看母亲。

又过了几年，母狗生病了，身上长癣，瘦得快要死去，狗儿子们则每天都前来探望，争着给母亲舔癣，母狗居然康复。每到新年第一天，五个狗儿子，一起来到恭隐家，绕着母狗，摇起尾巴，就好像替母亲贺岁。

后来，母狗死了，狗儿子们都不停地哀号。

恭隐可怜母狗，将它葬到后山，狗儿子们，每天早上都要到葬狗处哀叫，一直好多年不停。

（清·张潮《虞初新志》卷十二，陈鼎《孝犬传》）

母狗对恭隐的忠诚和保护，尽职尽责，几乎无微不至，这样的狗，已经难能可贵了，但因狗的忠诚本性，应该还是常见的。

难的是母狗训练出的狗儿子们。

狗儿子的成长，离不开母狗的以身作则及培养。起初，每天都要去小狗家转一圈，目的就是培养孩子们的"职业操守"。

狗儿子们，也不辜负母亲的教育和培养，吃食的谦让，每天的问候，生病时舔癣，新年的祝福，母死时的哀号，常年绕坟的哀号，这一些孝行，换做人，能做到也非常不容易了，而狗儿子们，则数年如一日。

孝狗们白天夜晚都在尽力维护着主人，结局常常是，一损俱损，一荣却没得荣。也就是说，人和狗可以共患难，而极少能同甘苦（这里特指甘），人富贵后，显然不太可能带着狗也富贵，一人得道，鸡犬升天，这是形容词，说说的。

对于那些只给父母一些吃食就自以为是孝的人，狗儿子们实在是极好的榜样。

马儿子

乡人有马，生了小驹。几年后，马儿子长大，而母马又到了受孕的季节。这乡人为了省钱，就想让马儿子与马母亲交配，用了很多方法，马儿子都不肯。

乡人的邻居教了他办法，用东西将母马隐蔽起来，再引导马儿子与母马交配，马儿子不知是它母亲，于是交配。交配完毕，乡人将母马盖的东西拿掉，马儿子见是母亲，立即咆哮跳跃，撞树而死。

乡长听说这件事后，立即报告给县官，县官将乡人捉来责骂：真是愚蠢，为省一点小钱，而害死了自己的马。你难道没听说过，马不群母吗？你真是禽兽不如！县官重重地责罚了乡人，并命令乡人好好埋祭马儿子！

（清·刘廷玑《在园杂志》卷四）

虽然动物有杂交，但相信大部分还是和人类一样，遵行基本伦理的。

如果不遵行这个伦理，就会出现一系列的疾病。

刘廷玑接着写道：关外的马群数以千百计，这么多马混杂在一起，久而久之，马儿子们有些已经认不得自己的母亲了，马母亲们也认不得谁是自己的儿子。给马匹做身体检查时，常发现盲马、眼睛有其他毛病的马，养马官说，这都是母马和自己的马儿子交配后生下的。

人类如果近亲结合，疾病的可能性也一样。常见古今中外那些皇族中，有不少的痴妹傻儿，就是近亲结合的结果。

乡人趋小利而失大利，主要原因，还是缺少对马匹这些动物的人文关怀，或者说根本就没有这种意识，畜生嘛，没必要尊重。而乡人邻居出的主意，则更加说明，这种蒙蔽法，不是拍脑袋的发明，而是有人常用的。

乡长的报案，县官的判罚，都有他们的基本判断，这样的行为，人类也不耻，必须受到一定的处罚，以免后人效尤。

对母马不能有过多的指责，当欲望来临时，动物的本能不可抗拒，诸多的无奈，它也只能听命。

马儿子刚烈而死，显然是一种真正的原始羞愧，做了这样的事，再无颜活在马的世界里。它承认自己的原始欲望，哪怕是头驴，也没事的，大不了生下一头骡，但和自己母亲交媾，宁愿去死。

欲望之道德，应该是动物生存的基本之道。

越人遇狗

某越人在路上碰到一条狗，狗低头摇尾对他说：我很会狩猎，我弄到的猎物可以和您分享，我们各得一半吧。越人高兴坏了，就带着狗一起回家，天天拿美食给狗吃，就像对待尊贵的宾客一样。狗受到如此的接待后，一天天高傲起来，即便猎获野兽，也一定啃干净了才肯罢手。

有人就嘲笑越人了：你给那狗好吃好喝，而它一得到野兽，却只顾自己吃，那你还要养狗干什么呢？越人一听有道理，立即去和狗分肉，而且要求自己多一点。狗一听，愤怒不已，立即咬断越人的头，折断越人的颈项和四肢，然后跑得无影无踪了。

唉，用家人的待遇来养狗，还和狗争食，怎么会不自讨苦吃呢？

（宋·邓牧《伯牙琴·越人遇狗》）

这显然是一则寓言式的笔记，作者是宋末元初的杭州人邓牧。

这则笔记的背景是，南宋与蒙古结盟攻金，蒙古灭金后，却转而南下灭了宋。邓牧用狗借代蒙古，越人指南宋朝廷。

越人在这里犯的错误，主要有两点：

1.没有看清此狗的自私和凶残的本质。狗的承诺怎么能相信呢？事实上，它根本就没有与越人分享的实际行动，一有猎获，立即独享，而且，一旦野心被看穿，立即露出本性。

2.轻信街坊邻居的所谓点拨。这些人是旁观者，是看客，他们确实比较清楚是怎么回事，但是，他们也是按照一般的规律进行劝说，而没有仔细观察过越人收留的那条狗，用一般规律去解决特殊对象，难免出差错。

还有两个小细节，让人深思。一个是，越人以家人，甚至宾客之礼对待狗，这进一步刺激了狗的跋扈，根本不将越人放在眼里；另一个是，越人不仅要求分享，还要求多分一点，这个心理，估计是他感觉以前有些吃亏，想要以后扳回来。越人错判形势，高估自己的实力，又低估了狗的野心和凶残，最终酿成大祸，身首异处。

南宋灭亡的原因和教训，有许多可以总结，邓牧以狗和人相类比，也算贴切，对披着人外衣的狗，千万要认识其本质。

能是一种兽

能，兽名，熊属，足似鹿。《说文》曰：能，兽，坚中，故称贤能而强壮，称能杰也。字书上说：三足鳖叫能。

（清·王士禛《池北偶谈》卷十二，《能字》）

许慎《说文解字》中，确实将"能"解释成形似熊足似鹿的动物，而且，还说了这个字的引申义，因为"能"的强壮，就用来形容人的杰出了，于是，"能"和"熊"就可以通用了。

《左传·昭公七年》有这样的记载：郑子产聘于晋。晋侯有疾，韩宣子逆客。私焉，曰：寡君寝疾，于今三月矣，并走群望，有加而无瘳，今梦黄能入于寝门，其何厉鬼也？对曰：以君之明，子为大政，其何厉之有？昔尧殛鲧于羽山，其神化为黄能，以入于羽渊，实为夏郊，三代祀之。晋为盟主，其或者未之祀也乎？韩子祀夏郊。晋侯有间，赐子产莒之二方鼎。

这段话意思是说，郑国的子产到晋国问候，当时，正好晋平公生病，韩宣子接待了子产并谈了国君的病：国君生病已经三个月了，该祭祀的山川都祭祀过了，病情不仅没有好转反而加重，昨天晚上，国君又梦见黄能进入他的寝宫，这是什么恶鬼呀？子产回答：以君王的英明，再加上您做正卿辅助，哪里还会有什么恶鬼呢。从前，尧在羽山杀死了鲧，他的精灵变成了黄能，钻进羽渊里，成为夏朝郊祭的神灵，三代都祭祀他。晋国做盟主，或许没有祭祀他吧。韩宣子于是就去祭祀鲧。晋侯的病也逐渐好转，就把莒国的两个方鼎赏赐给子产了。

子产博学，原来"能"是鲧的精灵变化而成，找对了病因，即可对症下药。

韩愈《忆昨行和张十一》也用了这个典故："近者三奸悉破碎，羽窟无底幽黄能。"有人说，能既熊属，又为鳖类，东海人祭禹庙，不用熊白及鳖为馔。可能是一种忌讳吧，在禹庙祭祀，怎么可以用鲧的化身呢？

和"能"一样，许多汉字的本义仅限于典籍中的特殊用法，比如"雷"是一种像猪一样的动物、"万"的本义是蝎子，也许，这就是汉字神奇的地方吧。

以虎子暖足

芙蓉禅师道楷，原先住在洛中的招提寺。他嫌接待的人多，后来进了五度山，在老虎洞边上，搭了座小草庵。

冬天，晚上睡觉时，脚冷极。那时，正好老虎生了一堆小虎仔，他就到老虎洞中捉了两只用来暖脚。老虎回洞，不见它的孩子，咆哮跳掷，声震林谷。没多久，老虎就寻进庵中，见它的孩子都在，它瞪着道楷看了好久，道楷对着老虎拱手：我没有害你的小孩噢，我只是捉来暖暖脚而已。老虎轻轻叼着它的两个孩子，拖着尾巴离开了。

（宋·朱弁《曲洧旧闻》卷第四）

这是一个关于寒冷的社会新闻。

道楷一定认识那只大老虎，想必那大老虎也认识道楷，在平时，人与虎和平相处，各行各的事，虎在山林自由进出，道楷在草庵中念经修行。

幼虎，毛茸茸的，又带着体温，用来暖脚，是再好不过了。道楷去取虎崽的时候，想得很简单，借用，借用，暖暖脚而已。假如，那只虎一点都不近人情，人与虎势不相立，那么，就不会有借虎的举动了。

而当虎妈妈找到了虎崽，它只是和道楷对视了一下，它已经弄明白，它的孩子为什么会在和尚这里了。小宝贝，走吧，还是走吧，我们回家。

寒冷的冬天，场景却很温暖，这是一个人与动物和谐相处的感人场面，人虽有些鲁莽，但老虎没有计较。

笔记中有许多人与动物交集的故事，有许多是斗智斗勇，动物狡猾，人更胜一筹；有一些是动物本身表现出来的父母之爱，让人感叹再三，甚至人莫能及；还有就是如上例，两者平和相处，各自有得。

假如，道楷将那些虎崽弄死，皮剥下，垫在脚底或穿在身上取暖，那大老虎冲进来，又将是一种什么样的场景呢？不可想象！

一只会收钱的鸟

魏伶，西市地方的副长官。他养有一只红嘴鸟，鸟会向人讨钱。只要鸟飞到人前，人们就会拿出一文钱，鸟将钱衔住，立即送到魏伶的住处。

鸟每天可以讨到数百文钱，时人都叫那鸟为"魏丞鸟"。

（宋·钱易《南部新书》卷己）

街市上玩杂耍的人，往往有这样会衔钱的鸟，丢一枚铜钱在地，让鸟去捡，鸟很快就完成任务，然后叽叽叽叽地停在主人肩上，等着主人给它米粒吃。还有会算命的鸟，会翻牌的鸟。总之，好多鸟不比人笨，它们一练就成。

但这只会收钱的鸟，却是官员敛财的新方法。

魏伶游走在法律的边缘，他知道，他养了一只好玩的鸟，随便哪一条法律法规，都不可能追究到这只鸟，这鸟和他一样，自由得很。

如果不经过特殊训练，红嘴鸟是不可能向人讨钱的，这魏长官极有可能花了大功夫训练它。

一文钱，不是什么大数，经过培训的鸟，只讨一文钱。当一只聪明伶俐的鸟，停在你的肩膀上或者手上，向你讨钱一文，很多人还是会给的，这是什么鸟啊，这鸟居然会讨钱，实在太有趣了。

还有几个必须的前提。

这个地方有着良好的管理秩序，红嘴鸟出入很安全，否则，来个眼红的小无赖，拿把弹弓，躲在暗处，待鸟奋翅飞翔的时候，伺机一弹，那鸟就惨了。

百姓都认识这只鸟，这是本城长官的鸟，鸟就是官，官就是鸟，官是得罪不起的，给鸟钱就是给官钱，花钱买高兴，花钱买平安。

在魏长官心里，这样的钱来得心安理得。

这鸟讨钱，颇像现代有些官员的雅贿，钱啊什么的一定不收，只收些字啊画啊或者别的什么古玩，只是好玩嘛。

所以，相比另外一些贪官污吏，魏长官还是挺收敛的，一文钱，用得着大惊小怪吗？

会说话的猪

施生，是杭州的盐商。至正八年，他家猪栏中的一头母猪，在吃自己的孩子。养猪的仆人发现，立即用棍子抽打，母猪突然开口：你不喂我，我吃自己的孩子，关你什么事？

仆人一听猪说话，还这样顶撞他，吓得连忙跑去报告施生。

施生到猪栏一看，果有其事。边上有人在议论说，要么杀掉，要么卖掉。母猪又开口了：我只欠你三十七两五钱，你把我卖掉还你便是了，何必闹呢？

施生于是将猪卖掉，果然得钱三十七两五钱。

（元·杨瑀《山居新语》）

这显然是一则道听途说的社会新闻。

作家杨瑀为什么要写这样的新闻？也许，是社会上都在传说，越传越神，他也信了；也许，他以前读到的笔记中，有牛会说话的，有虎会说话的，还有很多动物都会说话，这头猪会说话，也合情合理；也许，他是虔诚的佛教徒，相信因果报应，这头母猪的前生，确实欠了施生这辈或前辈的钱，这笔钱一定要还的，天经地义。

当然，还有一种可能是，这个施生，为了使他的母猪卖个好价钱，故意和仆人一起制造了这么个噱头，在元朝那种语境里，很容易实施的。

报应是有的，但肯定不是以这样的方式。

蟒蛇的伤疤

蟒蛇极粗，粗到能吞下一头鹿。但它也有致命弱点，它喜欢看美丽女人，戴着花花草草的。

大山中，有一种藤叫蟒蛇藤。捕蛇的人，往往穿着女人的红衣服，戴着花草，手上拿着蟒蛇藤，蟒蛇见了这样的打扮，也分不清是不是美女，立即盯着看，看得动不了身子，傻乎乎的样子，捕蛇人随即就用妇人的衣服，将蛇头部蒙住，并用蟒蛇藤捆住它。

捕蛇人抓蟒蛇，就是要它的胆，那胆是好东西。怎么好法？如果取像粟米那样一点含在口中，任你怎么击打，都不会被打死。嘉兴有个姓沈的司马，因为犯事而遭受廷杖，有人送了他一点蟒蛇胆，他很轻松地挺了下来。而且，过了三十年，他还生了个儿子。

《本草纲目》也这样说：蟒蛇胆，味甘、苦、寒，有小毒。主治心匿痛，下腹匿疮，目肿痛。

蟒蛇用胆护身，但它的胆，不长在固定位置，而是随击而聚，也就是说你打它身体上哪个部位，它的胆就会向这个部位聚集。如果只是取这个胆，那么，可以用毛竹击打一下，过一会，用利刃在击打的部位，划一个口子，胆就掉出来了。取胆后，对蟒蛇也没有什么损伤，它仍然可以存活下去。

捕蛇人又抓到蟒蛇了，又要取它的胆了，这下，蟒蛇连忙直起身子，将肚子上的伤口，展示给捕蛇人看：喏，我的胆，已经被人取走了，你们放我走吧！

（明·谢肇淛《五杂组》卷之九，物部一）

这里的蟒蛇，既笨又聪明。

蟒蛇笨，是被色盖住的那种笨，被表象给完全迷住了，不辨东西，它以为，头上戴着花花草草，穿着花衣服，就是美丽女人了。

蟒蛇聪明，看蟒蛇五大三粗的，也还算聪明，它只认一个理，捕蛇人既然是冲着我的胆来的，胆就是他们的利益，那么，我就会随时处在危险中。我已经死里逃生一回，上回那个胆被取，真是心如刀绞啊，他们丝毫不怜悯我，他们只顾眼前利益，哪管我们的死活。

胆没有了，胆已经被人取走了，利益也没有了。

此时的捕蛇人，只能自认倒霉，算了算了，没有胆的蟒蛇，也没有什么价值。我们再去别的地方捕！

所以，第一个向捕蛇人展示腹间伤疤的那条蛇，一定是天才，它拯救了整个蟒蛇部落。

谢作家描述的蟒蛇，科学不科学已经不重要，但蟒蛇的腹间伤疤，就如一面显微镜，照出人类的贪婪。

代后记：段成式书房的虫虫

　　秋天的长安，午后的暖阳透过窗棂斜洒进书房，段成式正聚精会神地攻读诸子百家，若干年来，他给自己制订了严格的阅读计划，日读经典五卷。

　　数只苍蝇嗡嗡而来，在成式身边环绕。

　　苍蝇A直接触碰他的睫毛，触一下，旋即离开，又触一下，又迅速离开。

　　苍蝇B一直在远处观察A，哈哈，这个书呆子，真好玩，我也去逗他一下。嗡嗡，它索性停在了成式的眼皮子底下，段作家这几天重读的是《孟子》，B就在《孟子》的字里行间爬来爬去。作家有点火了，你玩就玩呗，但不能盖住我的字啊，啪，啪，B显然是有防备的，心里暗笑：你段先生三心二意的，怎么能打得到我呢？

　　苍蝇C、D、E、F、G，直到X、Y、Z，然后，苍蝇A1、A2直到Y1、Z1，它们振翅飞翔，或单或群，自由穿梭在成式的书房里。

　　段作家的心绪被扰得有点乱了，挥舞着大蒲扇，用力击打苍蝇，但是，扇舞蝇飞，忽东忽西，忽南忽北，他的样子有点儿滑稽，这似乎不是人和蝇在战斗，倒像是太极拳的练习场景。

　　唉，唉，正龙拍虎，假的成真。成式拍蝇，真的却假。

　　苍蝇们的热闹劲，引得书架上书卷里的蠹蟲们蠢蠢欲动。

蠮螉，段成式书斋多此虫，盖好窠于书卷也，或在笔管中。祝声可听。有时开卷视之，悉是小蜘蛛，大如蝇虎，旋以泥隔之。

蠮螉，是什么呢？就是细腰蜂。它们喜欢在书卷做窝，也喜欢栖身在笔管中。它们的叫声，有点像祝祷，还挺好听。段作家有时找书，找着找着，听见蠮螉的鸣声，就忍不住打开书卷，哎，怎么都是小蜘蛛呢，立即用泥将它们隔开。

苍蝇和蠮螉们，不仅仅是骚扰者，其实也是观察者，它们很好奇，这位作家怎么对读书写作这么迷恋，《酉阳杂俎》，实在是一部唐代的百科全书啊。

苍蝇和蠮螉，都出现在《酉阳杂俎》前集卷十七中。

现在，让苍蝇和蠮螉带着我们漫游《酉阳杂俎》的动物世界。

首先观察成式书房门前的"颠当"。

他的书房前面，每当雨后，常见许多颠当窝（就是土蜘蛛窝），有蚯蚓洞那样深。洞里面结成丝网，露出的盖儿与地一样平，像榆钱那般大小。这种蜘蛛，经常仰附在盖上，等到蝇或尺蠖经过时，就翻过盖来捕捉它们。蝇蠖刚被捉进去，盖又马上盖严，伪装得很好，跟土的颜色差不多，严丝合缝，无隙可寻。它的形状像蜘蛛（像趴在墙角蛛网中那样的）。《尔雅》称它"王蛛蜴"，《鬼谷子》称它"跌母"。儿童游戏时经常唱道："颠当颠当牢守门，蠮螉寇汝无处奔。"——土蜘蛛守牢大门，但，如果细腰蜂来了，你就没处逃了。

看来，颠当怕细腰蜂。

段作家阅读累了，写作烦了，常常仔细观察书房前这些颠当，看它们如何生存，看它们如何捕捉。

观察的视野，必定要从书房前向田野大地伸展。

先看段作家亲自观察和研究的虫类成果。

1. 天牛虫。天牛虫就是黑甲虫，长安的夏天，这种虫在家里的篱壁间出现，一定会下雨，我观察了七次，每次都应验。

2. 蚁。陕西一带有很多的大黑蚁，很喜欢打斗，人们一般都叫它蚂蚁。其中有一些很笨的小黑蚁，能举起与自身长度相等的铁。还有一种浅黄色的蚂蚁，最有吞食弱者的智慧。我很小的时候，就玩这种蚂蚁游戏，常用酸枣树的刺叉着苍蝇，放在蚂蚁过来的路上，这种蚁见到苍蝇，马上回去报信。有时候，离蚂蚁窝一尺或者数寸，原在窝里的蚂蚁，一会儿就像一条绳子似的爬出来，如同有声音召唤它们。它们爬行时，每隔六七尺，就有一只大头蚂蚁隔在中间，整齐得像军队的行列。搬苍蝇时，大头蚂蚁，有的在两侧，有的断后，好像很戒备的样子。

3. 异蜂。有一种奇特的蜂，样子很像蜜蜂，但比蜜蜂要大，飞行起来快而有力。它们喜欢将树叶裁成圆形，卷起来放入树洞或墙壁中做窝。我曾经挖开墙壁寻找过，看见每个卷起来的叶子里，都填满不干净的东西。有人说，这些不干净的东西，将会变成蜜。

呵呵，燕窝也是不干净的吐沫呢。

4. 白蜂窠。我在乡下建了个小别墅，还拥有几亩果园。公元842年，我发现，有一种如麻子大小的蜂，在院子前面的屋檐下把土黏起来做窝，有鸡蛋那样大，颜色纯白可爱。我弟弟却不喜欢这个白窝，就将它弄坏了。那年冬天，弟弟手和脚便都肿了起来。《南史》上讲，宋明帝讨厌建康城的白门（西门），金楼子说他儿子结婚那天，风急雪大，帐篷都变白了，大家都认为白不吉利。唉，世俗忌讳白色，大概已经很久了。

段作家这里写白蜂窠，几乎是一篇很完整的杂文呢，由事缘理，入情入理。

5. 避役。堂兄告诉我说，他在南方，常常看见一种虫，叫避役，跟一天中的十二个时辰相对应。那虫的形状像蝾螈，爪子长，黑红色的身体，脖子上的鬃是肉质的。夏季炎热的时候，常常在庭院中见到。按习惯的说法，见到它的人往往有称心如意的事。它的脑袋变化很快，会变成十二属的形状。

段堂兄看见的这种虫，会不会是变色龙？很快变化，好多特征都像。

6. 主簿虫。也就是蝎子，段成式是听张希复说的，详见《一只叫"万"的毒虫》。

7. 蚯蚓。这是段作家侄女的奶妈阿史说给他听的。奶妈是荆州人，她小时候见邻居的侄子孔谦家篱笆下有条蚯蚓，长一尺五寸，肚子下有像千足虫那样的脚，口里还露出两颗牙齿，爬起来，比一般的蚯蚓要快得多。孔谦很讨厌它，就将蚯蚓弄死了。那一年，孔谦便死了母亲、哥哥和叔父。段认为这都是弄死了那只怪蚯蚓的缘故啊。

层层转述，有鼻子有眼，好像真是那条蚯蚓作的法。

段作家的动物学知识，显然在他的兴趣和爱好中，不断扩大。

蟋蟀们见证，书架上，经常不断有新动物的生平事迹被陈列进来。

在《虫篇》中，计有蝉、蝶、蚁、蜘蛛、蜈蚣、壁鱼、蛄蟖、异虫、冷蛇、毒蜂、竹蜜蜂、水蛆、水虫、食胶虫、蟏蛸、灶马、谢豹、碎车虫、度古、雷蜞、矛、蓝蛇、蚺蛇、蝎、虱、蝗、螵蛸。

其中，冷蛇，有好玩的故事佐证：

申王得了肉多的毛病，肚子下垂到小腿，每次出行，都要用白帛捆着肚子。到了三伏天，喘气都困难。玄宗皇帝下令，让南方捉两条冷蛇赏赐给申王。蛇长好几尺，全身白色，不咬人，拿着它，冷得像握着冰一样。申王的肚子上有好几道束痕，夏天就把蛇缠在束痕中，就不再觉得热了。

在《鳞介篇》中，计有龙，井鱼，异鱼，鲤鱼，黄鱼，乌贼，昔鱼，鲛鱼，马头鱼，印鱼，石斑鱼，鲵鱼，鲨鱼，飞鱼，温泉中鱼，羊头鱼，螺蚌，蟹，蟛蚏，奔䲛，系臂，蛤蜊，拥剑，寄居，牡蛎，玉桃，数丸，千人捏。

有几种鱼值得一说。

鲤鱼。也叫赤鲩公。它的脊背上有一道鳞，每片鳞上有黑点，大的小的都是三十六片。根据唐朝的法律，捉到鲤鱼，就应该放掉，更不能吃，如果发现有卖鲤鱼的人，会被打六十大棍。

嗬，唐朝是李家人的天下，真有点霸道，连鲤鱼也不让人吃。

鲨鱼。雌鲨鱼常常背着雄鲨鱼行走。渡海时，它们就互相背在背上，露出水面有一尺多高，像船帆一样，乘风游行。打鱼的人，往往能成双成对抓到这种鱼。

形影不离，夫妻情啊。

奔䲛，一名𤉫，非鱼非蛟，大如𫚈，长二三丈，若鲇，有两乳在腹下，雄雌阴阳类人，取其子着岸上，声如婴儿啼，项上有孔，通头，气出吓吓声，必大风，行者以为候。相传懒妇所化，杀一头，得膏三四斛，取之烧灯，照读书纺绩辄暗，照欢乐之处则明。

有意思的是，杀一条这样的鱼，能得到几十斗的油，用这种油点灯，照着看书，照着织布，它的光亮就昏暗；照在开心欢乐的地方，它就明亮。因为它是懒妇变成的，所以连身上的油也这么懒，不愿意干活。

专家说，这种鱼，就是现在的江豚。

在《毛篇》中，他研究了一些大型动物，如狮子，象，虎，马，牛，鹿，犀牛，驼，熊，狼，狸，狒狒，大尾羊。本书中有《害羞的驼》。

在《羽篇》和《肉攫部》中，他研究了各式鸟类。本书中《吐绶鸟》《"训胡"的恶》都引用了他的研究成果。

在《支动》中，他又补充考证了不少动物，本书中《劳模驴》《大恶"穷奇"》也化用了他的研究成果。

蠹蝇们常常趴在段作家的文字上不肯离去，它们也在体验段作家的研究和考证工作，相当细致，叹为观止：鸟有四千五百种，兽有二千四百种；鱼活够三百六十年则为鲛龙，引飞去水；蛇冬见寝室，主兵急。这样的研究结果太让人兴奋了。

段作家还详细研究过动物们的性关系。

他推断，鸡日中不下树，妻妾奸谋。哈哈，中午边，鸡在树上不下来，是因为主人家里的妻或者妾，有奸情？鸡这么通人性啊，此鸡肯定与妻妾一伙的，站岗放哨呢。

他推断，见蛇交，三年死。因为，据他的观察，蛇常和石斑鱼交配的，蛇和蛇的性生活，很难发现，你发现了，估计小命也不长了。什么逻辑？

他观察，八哥交配时，用脚互相勾着，短促地叫着，扇动翅膀像是争斗的样子，往往跌落到地上，被人逮个正着。有人就将八哥勾着的脚拿去做春药。

蠹蝇，苍蝇，颠当，它们都是段成式书房的常客，它们一起见证了《酉阳杂俎》这部著作的诞生过程。但是，写动物的，三十卷中只占了四卷，另外二十六卷，则更加博大精深。

这位公元9世纪的重要作家，父亲做过宰相，自己官也做得不小。他家藏书甚多，从小博闻强记，做官后又饱览秘阁书籍。

我推测，段成式的书房，应该有些规模的，起码有一排排书架藏得下可以博览的书，有一张可以阅读可以书写、足够大的书桌，还有一张可以随意旋转屁股的靠椅，当然，还有红袖，需要添香的。

段成式书房的小虫虫们是幸福的。

我也是幸福的，我在汉魏六朝直到唐宋元明清的历代笔记中，活捉出一只只有趣的动物来，取材于动物，从现实出发，或援引，或申发，针砭时弊，庄谐并用。

虽无甚生机，但配上晏子同学的精细工笔插图，却也鲜活灵动。

虫虫们齐齐地发声：希望您能喜欢我们！

哈哈哈。

问为斋
2015年5月初版
2020年3月再版修订